講故事給女兒聽很幸福

爸話西遊

蔡詩萍 著

自序

我們都曾經是孩子，記住這，一生懂得溫柔了

嚴格說來，這本《爸話西遊》，我並沒有把一部《西遊記》完整說完。但不能怪我，只能怪女兒長得太快，快到我不過才閃了幾次神之後，女兒她竟然就變大學生了！大學生的她，當然不可能再聽我講故事了。

事實上，早在國中之後，她就不再聽我講故事了。

我當然必須習慣這種失落感。然而，然而有那麼一次，有那麼一次，大學生的女兒跟我一道簡餐並隨意漫談，聊著聊著，不知怎麼，我提到放在書房一角，捨不得丟掉的一組公

仔，裡面有唐三藏、孫悟空、豬八戒，還有一匹馬。

女兒立馬接口：「啊，白龍馬還在喔！」

我說：「我捨不得丟啊，看到它們就想到女兒你小時候呢。」

女兒眼光裡閃爍著一些光芒，她說她記得。她記得那些我細說西遊的很多畫面。正因爲她說她記得，我於是在電腦裡，搜出早已經寫了好幾萬字的文稿，一篇一篇地翻閱著。

我必須說，我翻著舊稿，眼眶泛著淚，天啊，我翻著的，不就是女兒已然不再回頭的童年，我那不再回頭的初爲老爸的興奮！回不去了，回不去了，然而，有一種愛，還好，有一種愛。記錄在我留下的文字裡，記錄在女兒說她還記得的小腦袋瓜子裡，記錄在我這個雙魚座動輒感傷的記憶裡。

每個爸媽，都應該跟孩子說故事的，卽使唸繪本，卽使讀文本，都沒關係。爸媽一旦做了這個動作，孩子便仰躺在枕頭上，睜大雙眼，聽你講故事，漸漸地，孩子的眼皮閉上，又睜開，再闔上，又睜開。那是孩子喜歡聽故事卻又實在想入眠之際的掙扎。

他們以後必將記得，那時候爸媽溫柔的聲音，如何在耳畔縈繞；爸媽溫柔的手指，如何在自己臉上，輕輕地拂過。這些溫柔的聲音，溫柔的輕拂，正是那時候孩子得以安心入睡的承諾，「放心睡吧，爸媽都在，爸媽愛你。」

天啊，《西遊記》裡的場景一幕幕跳出來，我跟女兒一夜夜睡前講西遊的畫面，湧上心頭。但那時，女兒才幾歲啊！

每晚總要賴著爸爸講故事，賴著媽咪幫她按摩，那像女兒對我們的撒嬌，何嘗不也像我們對女兒的撒嬌呢！

一夜夜，一日日，不知不覺地，女兒也便長大了、獨立了，徒留下我們腦海裡的記憶，以及一些些微妙的惆悵。

但還好，我在女兒青春期之際，開始試著以「爸話」的角度，試著去重溫、去回顧，昔日我講《西遊記》給女兒聽的細節。於是留下了這幾萬字。然而，一擱又擱了近兩年。女兒從高中生，變成大學生了。

《爸話西遊》的起頭是很偶然的。

在一趟日本北海道的旅遊途中，遊覽車上，一片昏睡。不想睡的女兒，依靠在我懷裡，我沒來由地，對她講起了孫猴子，起初隨便講，她聽得入神，不讓我停下來，我憑著以前讀《西遊記》的記憶，拼湊出一些類似折子戲的精華版，混過那幾天的旅程。

回到台北後，女兒沒放過我，要我繼續講。沒有任何一個父親能抗拒女兒的，只要她有所求。

我回頭找出《西遊記》，快速地讀，快速地找出可以講給女兒聽的段落。每晚，女兒要睡前，我坐在床邊，把自己編輯過的西遊故事，講給女兒聽。

那確實是《西遊記》，卻是屬於「我的西遊記」，屬於一個老爸想要分享給他愛女的西遊故事，屬於「我跟女兒的西遊記」，在她還願意聽我講故事的年歲裡。

小孩子聽故事，記性超強，每晚睡前，我會問女兒，要從哪裡講起呢？她必定會點出前一晚我講過的某一個段落，要我從那裡開始。

而且，小孩有一種能耐，不怕重複，我的「爸話西遊」之所以講不完，也跟女兒喜歡重複聽那些她聽不膩的情節，有很大的關聯。於是花果山裡的美猴王，於是大鬧天宮的孫行者，於是被壓在太行山底的悟空如何等到唐三藏，於是黑水河的翻攪，於是通天河的浩瀚，於是豬八戒的出場，於是沙悟淨胸前的九顆骷髏，於是白龍馬的從何而來，於是如來佛的大手掌，於是海底海龍王的蝦兵蝦將……。

很多段落，我重複多次。女兒聽著、聽著，眼簾半闔的她，常常伸手握住我的手，那份小手抓大手的溫熱，是一個爸爸做牛做馬，誓言陪伴女兒一輩子的牽掛。做爸爸的，怎能抗拒得了女兒的撒嬌？怎能拒絕她說「爸爸你再講一段，再講一段嘛」的懇求呢？也就那麼幾年。

也就是那麼幾年。

女兒聽我在床頭唸繪本、講故事的時光，很快便過去了。但我從來不會忘記講故事的我，聽故事的女兒，一起度過的那些夜晚。沒有故事陪伴的童年，會有多荒涼啊！沒有故事可講的爸媽，會有多蒼白啊！

多年以後，當女兒不經意地告訴我，她都記得時，我差點眼淚都掉下來。我們付出給孩子的，不求回報，那是爸媽的天職。但孩子總是不經意地，回報我們，在她長大的路上，那是孩子淡淡的感謝。

我決定把這系列說給女兒聽的西遊故事，整理成我的心情，我的爸話西遊，這跟過去我寫的古典系列意在重新詮釋，完全取徑不同。

由於我的對象是我女兒，是愛聽故事的童年的孩子，於是，我講的西遊，有所本卻又有所偏離，目的在吸引我的女兒聽下去。於是這是「爸話」的「西遊」，你不只可以重溫西遊角色與情節，你更可以感受我做爸爸的驕傲與溫暖。

我從來不知道我可以這樣的。

感謝我的妻子，感謝我的女兒，讓我知道「我從來不知道我可以這樣的」人生部分。

《爸話西遊》送給愛聽故事的大家。我們都曾經是孩子，記住這，一生懂得溫柔了。

目錄

一　我們的孩子都是孫悟空，記住這，我就知道怎麼當爸爸了！

急診室裡，人來人往，氣氛凝重。我們常常陪長輩進出醫院的，很習慣了。所以，你會看到有人翹著二郎腿，滑手機；有人坐在那，發呆，有人，在吃便當，等親人的診斷報告。

這是性命交關的場域。病急的，被推進來。更急的，也許就出不去了。而隨侍在側的親友，在等待的過程中，卻照樣要「過日子」，要處理日常、要照顧家庭、要應變公務、要注意業績、要陪伴孩子。

這是一個生命來來去去，青春與老邁，尋常與意外，明顯界線的交界地帶。我靜靜坐在那，看著你奶奶，因爲打了止暈針，而逐漸氣息平穩地睡著了。

而你爺爺，坐在一旁，打盹。

我突然，突然有好多話想跟你講，我親愛的女兒。小寶貝，我想再讀一次《西遊記》呢！

我望著急診室，生命在病痛與折磨之間掙扎奮進的氛圍，腦海中，竟然跳動著，想讀《西遊記》的念頭。知道嗎？這念頭，之前，我曾經對你說過呢！在送你等校車的時候。

小寶貝，我想再讀一次《西遊記》呢！

那時，我望著女兒的側影說。女兒看看我，沒什麼反應，繼續聽她的韓團Blackpink。事後想想，與其說，是對她說，不如說，是我對著自己說吧！她已經是青少年了。喜歡酷酷的裝扮，有一雙長腿，特別愛熱褲。腳上穿的球鞋，是我們父女跑到西門町，在一家跑單幫小店找到的潮牌，韓星代言的，台灣沒代理。我送她的禮物，參加一場長笛比賽，得名的獎勵。

我看她在台上，一襲長禮服，長髮披肩，上台前喊緊張，上台後還算落落大方，我突然明白，女兒以她自己的方式，回應了她已經不再是昔日的小女娃了！

我懷著所有父親都一樣的——微妙、曲折、複雜——的心情，望著她。我於是，有了一些念頭，要用什麼方法，來捕捉，或，喚回一些屬於我們父女的、曾經有過的某些記憶呢？

我沒來由地，想到了《西遊記》。

女兒四、五歲之後，我對她講了好長一段時期的《西遊記》。不是照本宣科地唸，而是取捨片段地編講。很像改編劇本那樣，從原著擷取，再適當編改。

我都是先把《西遊記》讀幾回，然後加以剪裁，用稍稍誇張的口吻，如說書人一般地，在她睡前講上半小時，有時還更久。

而講《西遊記》的源頭，則是在日本一次旅遊中，坐不住的她，被我抱在懷裡。我用誇張的表情，開場那隻猴子如何從石頭裡蹦出！然後在花果山水簾洞，召集猴群，占山爲王，據地稱霸，又如何取得如意金箍棒，伸縮自如，長得可以撐起一片天，短得可以塞進耳朵裡。我邊講邊演，唬得女兒眼睛睜得老大，一路安安靜靜。

一路安安靜靜。北國的寒冬，道路在一片雪景中，如夢如畫。

那是一次北海道的旅遊，漫長的移動中，遊覽車裡，大部分人都睡沉了。唯有我跟女兒，貼得很近，我邊說邊輕拍她，想讓她睡著。但，沒有，她始終睜大眼睛，望著我。從那時起，《西遊記》成了往後好幾年，我們父女睡前故事的腳本。

我們大人，包括我自己，長大以後，有多久，不再信那些鑽天入地的神話了呢？也許，不能說不信，我們不是也看《哈利波特》，也看《復仇者聯盟》嗎？也迷《倩女幽魂》之類的電影嗎？

但，我們看，我們卻不信。我們把這些妖魔鬼怪的影像，都當成娛樂來看了。

可是，有時這些娛樂又不僅僅是娛樂。我們跟著劇情跌宕起伏，而笑、而泣、而悲、而喜，那是因爲，我們被妖魔鬼怪的表象之下，人間劇場的種種牽連，給感動了。

情侶之情、夫妻之愛、親子之恩、朋友之義，種種人間之牽絆，才是我們活著的人，此生此世，最難割捨的連結啊！

但我女兒呢？在她聽我講「爸話西遊」的年紀，她卻是由衷地相信，這世界必定存在著，那個踩著觔斗雲，騰雲駕霧，神魔來，打；鬼怪來，照打的魔幻世界。

我一定不可能忘記的，她的小手緊緊握住我的大手，每每聽到緊張處，我可以感覺到她顯露緊張的手勁！是啊，就在那黑水河裡，一股焦躁不安，在靜靜湧動。水，緩緩地流，但船上一行人，睜大眼睛、瞪著河水、瞪著水下；看不到的、隱隱的，尾隨的妖怪！

唐三藏知道他此行多舛，黑水不會那般平靜、沙漠不會那樣祥和、山谷不會那般牧歌。但他別無選擇，他的宿命就是要前往西方那遙遠的國度，取回度化人心的千百本經書。

他義無反顧。

像我，一個老爸爸，義無反顧地，在女兒臨睡前，爲了她安撫一顆不捨白晝已逝，卻又的確睏倦疲憊的嬌小靈魂，而重讀了我擱置多年的《西遊記》。我義無反顧地，回到我的童年、我的少年。

只因爲你，我親愛的女兒啊！

女兒半眯著眼。她快要睡著了。她還不懂什麼叫義無反顧。但她緊張得要我繼續講下去。她老爸我，是眞的義無反顧地，爲她繼續編撰關於一隻猴子，爲他師父排憂解難、一路打怪、降妖服魔，過關打卡的懸疑故事。講著講著，我自己也興奮起來了。

原來，生活也可以因爲要跟女兒講故事，而變得焦距更爲清晰起來啊！

往後多年，不管你老爸我怎麼老，我都不會忘記，你眯著眼，要睡著了，我放慢音調，輕輕地說：那黑水河靜靜地流，載著唐僧一夥人，噢不，也不全是一夥人，還有豬、還有猴子、還有白龍馬，還有……，你突然張開眼說，還有沙悟淨！然後抓住我的手，小手包大手的概念，喊著：還要再說一段。

我怎能忘掉你臉上洋溢的笑容？那是專屬於女兒的得意！那是專屬於女兒的——知道天塌下來、地陷下去，也會有你老爸爲你頂住一切的得意！

我常常是那樣，一而再、再而三地，跟你拉鋸，全世界最溫柔的拉鋸，多說一段，我希望你快快睡著，一眠大一寸。再來一段，我多捨不得你就眞的睡著，每天我最期盼的睡前故事時段。

我那時便明白，像所有父母親一樣地明白，孩子終會長大的。於是我們貪婪的，想「擁有」想「停格」孩提時代的當下。

我偶爾會想，我們愛講故事給孩子，也是在重溫自己曾經有過的那些，相信飛天、相信入地、相信人的認知之外，必然存在神靈精怪之異想世界的天眞歲月吧！不然，幹嘛要有那麼多專給大人們看的科幻、異想、神魔等等小說電影動漫呢？

我陪著你奶奶，在等候檢驗報告。急診室裡，氣氛讓人焦慮，也讓人省悟。生命何其之脆弱。然而，我們建立起的人際之網絡，又何其之堅毅。

你奶奶、你爺爺，曾經在我夜半發燒，焦急地抱起我，趕到小鎮醫院的急診室，徹夜枯坐。我不也曾，在你發燒肺炎的夜裡，斜靠在病床旁，一夜焦心時醒時眠嗎？

生命終究是在生老病死的交遞裡，一逕往前的。但，我們走過，認眞走過留下的痕跡，就會在日後，不知多久以後，竟深深嵌入我們的靈魂，構築成一片堅固的堤防，鞏固了我們抗拒世間悲涼，抵拒時間蒼涼的溫暖動力。

我總會想到你奶奶，在爺爺追打我過後，一邊哭一邊幫我擦拭淤青的模樣！

我總會想到你爺爺，恨鐵不成鋼地，嚴厲盯我的無奈！我總會想到，我攙扶他們，慢慢走過馬路，閒逛公園的畫面！

我應該也是一隻古靈精怪的猴子，自以爲可以「齊天」，自以爲是「大聖」。他們，你的爺爺奶奶，也多半想用緊箍咒，想學唐僧的耐性，一手胡蘿蔔一手棒子地想教化我！但，我的確曾經是一隻「冥頑不靈」的猴子呢！

女兒，我們都曾經是，眞的。

當奶奶疲憊地睡著後，我翻開《西遊記》，一回且一回地，慢慢讀下去了。

話說，那盤古開天，三皇治世，五帝定倫，……海外有一國土，名曰傲來國。國近大海，海中有一座名山，喚爲花果山。

那座山上有塊仙石，每受天眞地秀、日月精華，漸漸有了靈通。突然，有一天崩裂，出現一顆石卵。每天風吹日曬雨淋，漸漸、漸漸，啊，漸漸形成一隻石猴模樣。有五官、有四肢，還漸漸會動、會學爬、會學走，會往四方八面試探。

天啊！女兒，我要說的，哪裡只是一隻石猴子呢？我根本是在說你啊！你不是就像那猴子？在你美麗母親的子宮裡孕育、成形；五官具備、四肢漸伸，出了娘胎，就要學步學走，就要迎向世界了！

我一定要跟你好好再說一次《西遊記》。這次，我是說給自己聽。

說給天下跟我一樣，曾經相信自己能飛天、能騰雲，能看到異想世界的父母親們聽。

我們的孩子，都是孫悟空！我們自己小時候，也曾是。

二

美猴王怎知？當他被命名「孫」「悟空」之後，生命終將展開一連串的不滿與超越！誰說《西遊記》不是成長小說！

我們的孩子都是孫悟空。包括我們自己，都曾經是。我翻著《西遊記》，如是想。

你媽媽，假日整理房間，翻出一堆舊照片，很多都有你。我們每翻出一張，便不由自主，像旅行中巧遇美景，必停下拍照一樣，停下整理的動作，很專注地，看著照片，回想當時拍照的場景。那時，你多愛擺pose啊！

照片只能停格一瞬。但任人皆知，那一瞬，事實上，往往是一組連續進行的畫面，我們取其瞬間一刻。每個孩子，都有善於擠眉、弄眼的時期吧！望著這些照片，我們緬懷的，到底是往昔孩子的活潑？還是感嘆此刻當下，進入青春期孩子的叛逆與沉默？

那時，你多調皮啊！難怪，我小時候，你奶奶老罵我「猴死囡仔」（台語），而我，則常用「你猴子哦」來調侃你小時候好動如猴的模樣。看來，我們大人，心目中，對活潑好動的小孩，都有志一同，聯想到猴子啊！

我們欣賞你像猴子一樣古靈精怪、精力旺盛，那我們自己呢？面對猴子一般的你，我們像什麼？猴子的爸、猴子的媽，不是嗎？如果是猴爸猴媽，那我們是猴子的本性多一些，還是爸媽的角色該多一些呢？

這是個好問題吧！

讀《西遊記》前八回，看著石猴成爲美猴王、成爲齊天大聖、成爲弼馬溫、成爲大鬧天宮的闖禍者、成爲逃不出如來佛手掌心的挫敗者、成爲被壓在五行山下，等待被教誨的可憐猴子，我有好強烈的感觸：爲什麼？我們也都曾經是猴子啊！而後，成爲猴爸猴媽之後，我們就變了！爲何？

這就好像，很多人，包括我，年歲漸長後，往往就不再讀《西遊記》了。但，也許就像《彼得潘》的故事吧，每個人心底，其實仍藏著一顆被壓抑的孩子氣，只是，在等待一個時機，讓它點燃而已！

什麼時候被點燃呢？等我們有孩子的時候。當我有了女兒後，我很認眞地到書店裡，找尋可以在床頭說給女兒聽的繪本與故事書。在一本本排列的兒童版、圖書與繪本中，《西遊記》總會在那，閃耀閃耀的。我翻著它，依稀熟悉，卻很久不見了。

爲什麼我們長大以後，都不再碰《西遊記》了呢？也許是，我們不可能再相信猴子可以鬧天宮！也許是，我們雖罵人好吃懶做、色瞇瞇，跟豬八戒一樣，但我們怎可能相信，世間眞有豬八戒呢？

「不再相信」，是我們不再讀《西遊記》最致命的理由。我們若讀《水滸傳》，還會同意，至今仍存在官逼民反的不公不義。我們若讀《紅樓夢》，多年後，還會認爲身邊確實有人自詡賈寶玉，多情種子；有人自比林黛玉，總是孤芳自賞。我們若讀《聊齋》，明知人鬼狐妖不可能，但人生不得意十之八九，假托鬼狐，聊以自慰，我們雖不信卻也期待有那麼一個溫暖的「聊齋異想國度」。

可是，女兒啊女兒，我們這些大人，竟相對地，往往不再讀《西遊記》，不再回味西天取經一路上的風風雨雨了。

那是因爲《西遊記》太虛構嗎？虛構得太直接嗎？

但，當我跟女兒開始講《西遊記》時，女兒瞳孔中放大的光芒，卻實實在在告訴我：那些猴啊、豬啊、妖啊、怪啊之類的神魔傳奇，是如何地吸引著她小小的心靈想像！

甚至，當我板起面孔，學那唐三藏教訓孫猴子的情節時，小小年紀的女兒，常常也會笑得樂不可支！難道，在她小小的心靈深處，她已經預知了：大人的叨叨念念，眞的是孩子成長過程中，「不得不承受的重」嗎？

當女兒走到青少年階段後，我再拿起《西遊記》，想補償某些我已經失落的環節後，我突然驚醒到：我失落的，不過是自己「不再相信什麼」的某種天眞的失落吧！

我們做大人的、做長輩的，如果願意，再拿起《西遊記》，細細地讀它一遍，應該會留意到，它無非是一個青少年的成長啟蒙象徵，一本青少年的成長故事，尤其，在它的前八回。

前八回，唐三藏還沒出場。

主角全是從那石頭裡，累經日月精華之後，蹦出來的孫猴子，看它如何從一隻天眞爛漫的猴子，變身成爲古靈精怪、渾身是勁的「齊天大聖」。又如何，在玉皇大帝的旨意下，被衆神圍剿，最後受困五行山下，等待師父唐三藏的前來啟蒙。

我始終記得，女兒愛聽我講孫悟空，被壓在五行山下，動彈不得的畫面。日出，被日曬；落雨，被雨淋；下雪，被冰凍；起風，被風刮。每當我學那猴子，被壓在山底無可奈何的神情時，女兒甚至會眼眶泛紅，害我必須適時地，調整一下情節，編造一些猴子其實也會自得其樂的遊戲，比方說：跟路人開玩笑，假裝睡著，然後突然睜開眼嚇嚇過路的買賣人等等。唯有那樣，女兒才會心情轉換，願意聽我繼續講下去。

莫非，小小的孩童，已然猜測到，「不自由」是怎樣的一種狀況嗎？莫非，她已能體悟，某種程度地體悟，「被壓在」五行山下，就是一種隱喻，天眞爛漫不可能無所限制，無所教誨地自由下去？

我不很確定。但我知道，女兒在聽故事時，劇情轉折，她是有判斷力的。

但《西遊記》前八回裡，那猴子，可真真是人間天堂般地過日子啊！那猴子，本來無名，既然從石頭蹦出，就以石猴爲名。他在花果山中，悠哉悠哉，但膽大心細，獨自探索水簾洞，發現了「花果山福地，水簾洞洞天」，率領衆猴子，找到安身之處。人人稱他，噢不，猴猴稱他「千歲大王」。開山立基，好不快活！

可是這猴子，硬是比一般猴子有遠見。有天，他突然悶悶不樂起來。他說：「我雖在歡喜之時，卻有一點遠慮，故此煩惱。」自古以來，似乎都一樣，要當領導的，都有一點憂心忡忡，遙望蒼穹的迷人狀。衆家猴子不解，好好地活在仙山福地，誰都管不著，幹嘛憂愁呢？

猴王說了，好雖好，但我們畢竟是肉身啊！「將來年老血衰，暗中有閻王老子管著，一旦身亡，可不枉生世界之中，不得久注天人之內？」他這一提醒，大夥都感傷了。要超越現狀，要找尋一些「遠慮」的答案，人就必須「出發」去探索。

這美猴王，於是去探索了。

他渡海、登陸、再渡海、再登陸，終於來到一座洞府，上面刻著十個大字：「靈台方寸山，斜月三星洞」。在這裡，他將遇到奠基他人生，應該說「猴生」的第一個師父。不是唐三藏哦，唐僧的出現，還在第八回之後。

這師父乃菩提祖師。很奇怪，菩提祖師在《西遊記》裡出現很早，之後卻消失無影。可是他有多重要呢？

他很重要。他是啟蒙老師，也是命名者。拜他爲師之前，美猴王沒有名姓。

後來人稱美猴王爲「孫」猴子，從何而來呢？是這菩提老祖，見他「縱身跳起，拐呀拐地走了兩遍」，靈感一來，說他「像食松果的猢猻」，那就叫他姓猻，但「猻字去掉獸傍，乃是個子系。子者，兒男也；系者，嬰系也。正合嬰兒的本論。」

從此，美猴王有了姓，不從父、不從母，但從師父給的姓氏。

而且，我提醒各位，要注意，「猻」去掉獸傍，不就意味去其野性、提升人性嗎？我們一代接一代教養孩子的起步，不就是去他的野性，導之以所謂教養、所謂規矩嗎？誰說，《西遊記》不是成長啟蒙小說？

但美猴王感激之餘，乞求師父「既然有姓，再乞賜個名字，卻好呼喚。」這時，菩提老祖便有華人慣有的輩分觀念了。他說門下有十二個字，分派起名。排到孫猴子，應該是第十輩，「廣、大、智、慧、眞、如、性、海、穎、悟、圓、覺」。

第十輩，排到「悟」。

悟，那要悟什麼呢？

不要忘了，整部《西遊記》都是往西方取經，通往極樂世界，沿途接受各種考驗折磨，無非是要「放下一切」，因而當然是要「悟」「空」啊！

這孫猴子，沒名沒姓的，本來開心，偏偏想不開，想要尋得一個「遠慮」的人生方向，卻不料尋得了一個有名有姓的新里程，從此，注定他不可能「悟得了空」，反而，要一而再，再而三地，陷入多少風雨、多少爭端？

菩提老祖「啟蒙」美猴王的這一段，有很多的暗示。孩子的天真無邪，終將要在學得一身本事的條件下，逐漸地被改變，被壓抑。我們望著孩子的可愛，卻又憂心他們在長大的起跑線上輸給人家。每個父母，在爲孩子命名之際，哪個不充滿矛盾的愛與期待？

美猴王不知道，他探索「遠慮」的好奇，換來了名、換來了姓、換來了一身的好本領，卻也將換來他不可能平靜、歡樂、無憂的大半生！

誰說，《西遊記》不是一本成長小說呢？我望著女兒比手畫腳、擠眉弄眼的照片。這隻小猴子，竟從我懷裡、手裡，活跳跳地，長成一位美少女了！

三

每個老男人心底都有破壞王的靈魂，然而為了兒女，我們都安安靜靜地，當了那支如意金箍棒，能屈能伸！

太座常嫌我愛耍冷！我都說，是愛看周星馳電影惹的禍。但，到底是周星馳電影影響了我，還是我的內心深處，本來就躲藏了一顆愛看周星馳電影的搞怪靈魂呢？

孫悟空大鬧天宮，是《西遊記》裡，孫悟空打響江湖名號的重要橋段。我每次講這一段，女兒便特別興奮。幾乎百聽不厭。

這橋段，早在京戲裡就很熱門。近年來，京戲爲了吸引年輕族群，常常推出熱門精采折子戲，「大鬧天宮」常是首選。鑼鼓喧天、場面熱鬧、猴子翻滾、天兵崩潰、天將無奈，我每講一回，女兒便嘻嘻哈哈好一回。講完不久，她就要勾著我的手，「爸爸再講一次！」我在看重播的電影《破壞之王》時，突然領悟到，何以這麼多男人，這麼多已經成長、在職場上或有一片天的男人，會這麼喜歡周星馳！只因爲，我們就是「很幼稚啊」！甚至，隱藏於我們心底的，依舊是那個「愛搞破壞的小孩子啊」！

孫悟空大鬧天宮，不就是個超級無敵的破壞王嗎？他靠的本領不外是：七十二變、觔斗雲，以及如意金箍棒。他從菩提老祖那，學來了一身本事。首先，他學了「一般地煞數，該七十二般變化」。接著，他學了「觔斗雲」，一觔斗可以飛十萬八千里路。這是他的基本功。但他實在太愛賣弄，根本「不悟空」。學了本事後，有事沒事，被師兄弟一起鬨，變玩戲法，把一身本事，當成好玩、炫耀。終於被師父趕他下山了。

有趣的是，這菩提老祖趕他下山時，竟兇狠狠地告誡他：「你這去，定生不良，憑你怎麼惹禍行兇，卻不許說是我的徒弟。你說出半個字來，我就知之，把你這個猢猻剝皮剉骨，將神魂貶在九幽之處，教你萬劫不得翻身。」

這師父未免太絕情了！師徒一場，需要這樣嗎？但，若以後來孫悟空大鬧天宮的闖禍程度看，這菩提老祖還是頗有先見之明。知徒莫若師，早早劃清界線好。

而孫猴子呢？這時也未免太稚嫩了，師父這麼一威嚇，他竟然也被嚇到了，「決不敢提起師父一字，只說是我自家會的便罷。」

下了山，回到花果山，山寨主一個，吃喝玩樂，更是沒人管了。可是跟以前不同，如今的孫悟空，可是能七十二變、會觔斗雲的高手了。他下山後，第一個被拿來試試功夫的倒楣鬼，號稱「混世魔王」。這魔王體型高大，耍一把大刀，趁孫悟空不在花果山，抓了他一堆猴衆。這場鬥法，孫悟空使出了後來常見的絕活，拔下自身一把毫毛，丟在口中嚼碎，往空中一噴，喚一聲「變」，隨卽變出二、三百個小猴子，圍著魔王，死纏爛打，痛扁一頓。

我發現女兒超愛聽這一段的。我學著孫悟空的模樣，假裝抓下一把毫毛（當然不能眞抓頭髮，沒剩多少了，不能爲女兒犧牲！）對空一吹，然後「哇」一聲，說幾百隻小猴子，這裡唧唧唧唧，哪裡吱吱喳喳，搞得混世魔王一籌莫展。最終，被孫悟空奪下大刀，把他劈成兩半！

小小年紀的女兒，聽到這，就手舞足蹈、開心不已，彷彿自己就是小猴子，不停地在攻擊那混世魔王似的（她搞不好，想像的攻擊對象，就是她老爸我吧）。熟悉《西遊記》的朋友有沒有留意到，此時此刻，孫悟空還沒有他後來一慣爲人所知的兵器——如意棒，對吧？

孫猴子奪下混世魔王的大刀，開始有事沒事，便在花果山練兵了。但他怎麼使，都感覺這把刀不太順手。這時，見多識廣的老猴跟他出主意了，去東海龍宮，找老龍王要。這老龍王，怕是年紀大了，不敢惹孫悟空，連續拿了幾樣兵器。大桿刀？不要。九股叉？不要。方天戟？不要。

都不要，怎麼辦呢？我學著龍王無可奈何的神情，也學著孫悟空氣勢凌人的兇樣，女兒聽得樂不可支。

我嘟起嘴說：「親一個，爸爸繼續講。」那時女兒多乖啊！湊近臉，親我一下。「繼續講，爸爸！」

這時，龍婆、龍女現身出點子了。要不要試試，那塊「天河定底的神珍鐵」？孫悟空一聽是大禹治水時，用來測量江海深淺的一根神鐵，當然感興趣了。他到了大海中，撈起那根鐵，一看「有斗來粗，二丈有餘」。他把玩著，嘴裡自言自語，太粗太長了些，短一點，細一點，就好用了。

說來也絕，那神鐵彷彿有生命似地，瞬間變細變短了！孫悟空大喜，再試試，他說再短一點、再細一點。說完，那神鐵立馬變細變短，完全一副聽命於他的模樣。孫悟空太開心了，把它變小後，仔細看看，「原來兩頭是兩個金箍，中間乃一段烏鐵。」上面還有一行字，刻著「如意金箍棒，重一萬三千五百斤。」

這時，如果是周星馳的電影，畫面應該是周星馳扮演的孫悟空，右手舉起如意金箍棒，向天空一舉，霎時嗩吶聲齊吹，金光萬丈、瑞氣千條，孫悟空揚名立萬的硬體配備齊全啦！

哇，不行，還不行。總不能要孫悟空像你見過的台灣獼猴一樣，光著身子，露出紅屁股吧！那像話嗎？大人物，總要衣裝吧！

這孫悟空拿了如意金箍棒，當然讓東海老龍王夠驚訝他的本事。當孫悟空要求要有搭配的服裝時，他趕緊召喚西海、南海、北海三位龍王，各帶一副披掛送來。北海龍王帶來「藕絲步雲履」，西海龍王帶來「鎖子黃金甲」、南海龍王帶來「鳳翅紫金冠」。好啦，帽子、鞋子、衣服，全湊齊了。

「沐猴而冠」這成語，現成地站在你面前了！從今以後，我們在戲曲、在卡通、在繪本、在插圖、在動畫中所見的孫悟空，就是以這一個造型，縱橫天下了。

孫悟空衣著光鮮，神氣活現地回到花果山。衆家猴子，更是對他景仰莫名，直呼「東方不敗，日月齊光」了。(噢，抱歉，我用錯典故了，我把林青霞演的《東方不敗》扯進來了！但，意思差不多啦，都是占山爲王，立幫立派啦！)

這孫猴子一開心，便在衆家猴子面前，操練起他的如意金箍棒。要它小小小，它就小得如繡花針，可以藏在耳朵裡；要它大大大，它就大得上抵三十三天，下至十八層地獄，唬得「虎豹狼蟲，滿山群怪，七十二洞妖王」個個磕頭禮拜，戰戰兢兢。

孫悟空眞的據地稱王，雄霸一方了。

可是，他不知道的是，這樣快樂似神仙的日子，並非沒有盡頭。某日，孫猴子與他的六兄弟，吃喝玩樂之後，醉醺醺睡著了。不料，此時來了兩位鬼差，「走近身，不容分說，套上繩，就把美猴王的魂靈兒索了去，踉踉蹌蹌，直帶到一座城邊。」美猴王霎時酒醒，才驚覺被帶到了「幽冥界」！他一怒，心想「我老孫超出三界之外，不在五行之中」，閻王豈能管我！

於是，他掏出如意金箍棒，一路打進森羅殿，打得那十代冥王，急急忙忙出場應付。在孫悟空的霸氣下，不得不拿出生死簿，發現「孫悟空名字，乃天產石猴，該壽三百四十二歲，善終。」

這孫悟空囂張地叫人拿筆，把猴屬之類的名字全部勾銷。然後，又一路打出幽冥界。醒來，原來是一場夢！但實際上呢？卻也不是夢！因爲，十代冥王早已上報地藏王菩薩，奏聞玉帝了。

換句話說，我對著睜大眼睛的女兒，說：這下子，孫悟空麻煩大了。因爲，他惹麻煩的地方，閻羅王、東海龍王、地藏王菩薩，統統來告狀啦！就像你，這個小麻煩，闖了一堆禍，大家都來找你媽咪告狀，你想，你媽咪會不管嗎？

呃喔，要遭殃嘍！我的小寶貝。我假裝一副很兇惡的樣子，張牙舞爪，作勢要吃掉女兒的樣子。

女兒哇哇大叫（與其說哇哇大叫，不如說趁勢撒嬌吧），就那樣，我趁機又可以摟摟抱抱我那可愛的女兒了。

每個小孩都是孫悟空，都喜歡闖禍，都喜歡搞破壞。他們都是在秩序與自由的邊界上，不斷試探的小猴子！

數年後，我女兒已經不是愛在我身上攀爬的小猴子了。我常常望著酷酷的她，想到我當年講《西遊記》的日子。

啊！我親愛的女兒啊，人生處處是隱喻。有一天，等你長大到可以理解何謂「隱喻」的時候，我希望你會明白，真實人生是不會擁有如意金箍棒的。

但，你的爸媽，何嘗不就是你的如意金箍棒！我們可以為你能屈能伸，為你應付迎向人生初期所遭遇到的諸多問題，當然不會是全部。

尤其是我，你老爸我，更願意當那支如意金箍棒，為你頂天，為你插地；你願意，我就在，你不願意，我就躲進你耳內！

人生充滿隱喻，當然也充滿愛。

我們這些老男人，心底仍是「破壞之王」的大孩子。然而，為了兒女，我們都甘心扮演如意金箍棒的角色！

這一切，都是愛。小猴子，你知道嗎？

四

孫悟空大戰二郎神，你變我變我們變變變，每個有本領的孩子，都該有一點點「壞壞」的天性，不是嗎？（上）

女兒四、五歲的階段，很愛跟我在屋內玩躲貓貓。數到十，之後，我躲起來讓她找，或她躲起來讓我找。大人比較賊，小朋友找起來吃力。尤其，小孩怕黑。如果我躲進某個房間陰暗的角落，女兒通常是不敢進來的。換成她躲藏時，黑暗的角落她同樣不敢進去，所以我要猜她躲哪，容易多了。

我後來還教她隱身術。小孩很單純，你跟她說：「我變我變我變變變，隱身術！」她就眞的會假裝看不到我。但我們的默契是，隱身的人，不能張開眼睛，張開算穿幫，算破功。

小孩真的可愛。

我每每在找到她，但卻故意沒看到她時，就會這樣出聲：「女兒啊你在哪啊？我快要找到你啦。咦，明明在這，怎麼突然不見了？難道，難道，你隱身了嗎？」被我這一提醒，她便會在某個角落，例如沙發背後、窗簾裡頭、房間門後，突然唸唸有詞：「我變我變我變變變，隱身術！」

然後，我會在某一角落，看到她，緊閉眼睛，很認真地，好像自己真的會隱身術了！我呢？繼續演戲。在她身邊，找啊找的，嘴裡還故意喊著，奇怪呢，明明才看到，怎麼突然不見了？

若她媽咪在家，我還會喊著，媽咪你看見女兒了嗎？她有變身到你那邊嗎？她媽咪也配合演戲。沒啊，奇怪呢，會不會變到樓下去了？這時，女兒會忍不住，身體抖動一下，或不小心笑出一點聲音。

我則假裝驚訝，哎呀，我好像看到一隻腳露出來。這小寶貝竟然一下子被我唬到，就看她把腳縮進更裡面，模樣可愛極了！

每個小孩，都愛這種你藏我找、我躲你追的遊戲啊！他們心底都希望自己會變身、會隱身。因爲，變身、隱身，意味了他們有自己專屬的魔法世界。

難怪，我每次講《西遊記》給女兒聽，她聽到孫悟空變身，偷吃這、偷吃那；隱身，這裡搗蛋、哪裡搞破壞時，都笑得呵呵呵。

我捧著《西遊記》，邊唸邊修改得更爲口語化。那猴子被玉皇大帝封了個「齊天大聖」，整天沒事，這裡吃吃、那裡喝喝，百無聊賴久了，也不是辦法。大帝身邊，高人提醒，這樣整天閒晃，遲早要惹是生非啊。

玉皇大帝點頭，遂派個任務給他，看管蟠桃園。

小孩閒晃？似乎是每個大人，對小孩長到某個階段後，都會出現的焦慮。

不進幼兒園，怕孩子不懂團體生活；進了小學，不學才藝，怕孩子浪費時光，輸在起跑線上；進了國高中，不補習、談戀愛、搞社團，都像不務正業，怕他們耽擱人生！

有沒有注意到？幾乎所有的青少年成長電影，都會以各種形式，暗示明示，青少年的「悠哉」「閒晃」，都被看成是「無所事事」的樣子！

大人總要想方設法，擠壓青少年的「悠閒時光」，硬要塡補進許許多多大人認爲「有意義」、「有幫助」的活動。

孫悟空被派去看管蟠桃園，不是同樣的道理嗎？但，玉皇大帝顯然不懂小孩啊！再不，便是他好日子過太久，忘了人的內在破壞性！蟠桃園裡，都是上選的桃樹，一顆一顆的大桃子，延年益壽，好吃耶！你玉帝沒事派一隻餓了會上樹採果子吃、飽了便嬉戲打鬧、睏了就棲身睡覺的猴子，去管蟠桃園，這擺明不是昏君，不是請鬼開藥單嗎？

平常混不進蟠桃園，如今，手握鑰匙，正大光明進出蟠桃園，你說，孫悟空會幹嘛？連我女兒都知道，要一直吃、一直吃，吃到吃不動爲止啊！

果然，孫悟空有事沒事，挑幾棵桃樹，上去吃幾顆大粒的。吃飽了，變個身，躺在樹上睡。睡醒了，再吃。一座蟠桃園，被他吃得只剩發育不良的小桃子（女兒笑了！顯然偷吃東西，在小孩眼裡是好玩的）。

後來採桃的仙女發現了。孫猴子怕她們去告狀，用定身術，把她們一個個定住。「我定，我定，我定定定！」我學著電影《倩女幽魂》第二集，演道士燕赤霞的張學友，在書生甯采臣手掌心寫下「定」字，教他用掌心向妖魔喊一個「定」，妖魔就被定住的方式，也教女兒。

結果是，我邊講孫悟空大鬧天宮，女兒會不時興致一來，在我唸書的當下趁我不注意，突然在我頭上拍一下，喊著「定」！

我當然須配合演戲，突然睜大眼睛，全身僵住，假裝「被定住」！

女兒會一直笑、一直笑，配合幾十秒後，我再說，你不解開爸，爸沒法繼續講故事了。

只見她，認眞地，再拍一下我的額頭，喊著「解」！我裝出一副如釋重負的樣子，說要親一下要親一下。

這「定」的遊戲，我們父女以後還會玩上好一陣子。親完後。女兒說，繼續講。

那孫猴子跑進瑤池，發現一堆好吃的的東西。但很多人忙這忙那，他不好大搖大擺闖進去。

怎麼辦？我看看女兒。

哪個小孩聽到好吃的不想偷吃？我學著孫悟空抓起一把毫毛，對空一吹，變變變，瞌睡蟲出來！於是一條條瞌睡蟲，跑到廚房裡幫忙的每個人臉上，沒一會兒，統統睡著啦。我還學打呼，呼呼呼。

女兒推推我，繼續講。

然後吃飽了、喝足了。孫猴子跌跌撞撞，又跑到了兜天宮。這兜天宮，可是太上老君的地方。太上老君是道教的大神，練丹可是他的本事。

女兒不會懂道教、懂什麼煉丹。但，奇怪，小孩你跟他講仙丹，吃了仙丹，會變得很厲害，幾乎小孩都不懷疑。

孫猴子跑進丹房，看到「丹竈之旁，爐中有火。爐左右，安放著五個葫蘆，葫蘆裡都是練就的金丹。」他一個葫蘆、一個葫蘆地，把金丹全倒進嘴裡了（女兒聽到這又哈哈大笑了）。

闖禍的孫悟空，知道這回麻煩了，三十六計走為上計，回自己老巢吧！但你回老巢，玉皇大帝豈會不知？當然天兵天將，海角天涯，追你到老巢。

玉皇大帝差遣「四大天王，協同李天王並哪吒太子，點二十八宿、九曜星官、十二元辰、五方揭諦、四值功曹、東西星斗、南北二神、五岳四瀆、普天星相，共十萬天兵，布一十八架天羅地網，下界去花果山圍困，定捉獲那廝處治。」

別說我女兒聽不懂這一堆玉皇大帝差遣的眾將官頭銜，我猜，你也跟我差不多，聽得霧煞煞！

不用自卑，因為這堆頭銜，都沒什麼用。除了哪吒三太子，日後直到現今，始終是民間信仰裡的大神，在陣頭中，還因為「電音」加入，促成「電音三太子」揚名國際外，其他很多都是酒囊飯袋，一點都不經打！

孫悟空大戰四大天王、哪吒太子、十萬天兵，靠的，是他一身的毫毛以及七十二變。他拔下毫毛，對口一吹，立即是「千百個大聖，都使得是金箍棒，打退了哪吒太子，戰敗了五個天王」。

這下逼得觀世音菩薩也出手了。觀世音顯然比玉皇大帝更有點將的見識，推薦了二郎眞君。這二郎眞君，是女兒除了西遊探險隊主要人物之外，最記得的幾位神仙之一。

二郎出身皇親國戚，是玉皇大帝的外甥，曾經「力誅六怪，又有梅山兄弟與帳前一千兩百草頭神，神通廣大。奈他只是聽調不聽宣。」

這「聽調不聽宣」五個字，有洋蔥。

反而是孫悟空，知道二郎的底細，給了我們答案。這二郎眞君一見孫悟空，便兇他：「你這廝有眼無珠，認不得我麼。我乃玉帝外甥，敕封昭惠靈顯王二郎是也。」看來他以家世顯赫，要壓孫悟空的氣焰。

但這孫猴子，卻起他的底：「當年玉帝妹子思凡下界，配合楊君，生一男子，曾使斧劈桃山的，是你麼？」嘿，你二郎不過是私生子，憑甚麼要壓我這石頭蹦出來的猴子？你使斧頭劈桃山，跟我偷吃蟠桃也差不多啊！兇什麼兇？（我學孫猴子跟二郎眞君吵架的樣子，女兒超愛！女兒一直喊，爸爸，定，爸爸定！）

我搖搖頭，還沒還沒，還有更好玩的。

於是，孫悟空與二郎眞君開始鬥法了。眞是驚天動地啊！他們纏鬥了三百回合，不分勝負。那眞君一變，「身高萬丈，兩隻手，舉著三尖兩刃神鋒，好便似華山頂上之峰，青臉獠牙，朱紅頭髮。惡狠狠望著大聖頭就砍。」

這孫悟空呢？也變得跟二郎一樣地巨大，舉起他的如意金箍棒，朝二郎狠劈！但花果山衆猴子，唯有孫悟空眞本事，其他猴子不過烏合之衆，被殺得片甲不留。孫悟空擔心徒衆，心情一慌，二郎趁勢追擊。

孫猴子一變，變成麻雀。二郎一看，變身老鷹。孫悟空嚇一跳，變身大鶿老（魚鷹）。二郎一看，再變大海鶴。大聖轉身，變條魚，鑽入水中。二郎再變捕魚的魚鷹。悟空再變，一條水蛇。二郎更狠，幻化成灰鶴，用長嘴要叼蛇。水蛇一跳，變花鴇（雁的一種）。二郎一看，變回人身，拿起彈弓，一彈子打去。孫悟空順勢，滾下山崖，變成一座土地公廟，「大張著口，似個廟門，牙齒變做門扇，舌頭變做菩薩，眼睛變做窗櫺。只有尾巴不好收拾，豎在後面，變做一根旗杆」。

小孩子不懂，為何猴子的尾巴，「不好收拾」豎在後面，有什麼問題嗎？問題就在，廟宇也好、皇宮衙門也好，現在的公家機關、企業總部也好，旗杆沒人豎在後面，一定是豎在前頭的，威風嘛！

但，猴子再怎麼變，尾巴硬是變不掉，這才有「尾大不掉」的成語，因而只能豎在後面，二郎神出身皇家，看多了衙門宮殿，怎會不知旗杆應該插哪？孫猴子不穿幫才怪！

但，好像也因為二郎神，有點壞壞，他才比其他的天庭大神，更能捕捉那猴子心思在盤算些什麼壞念頭！

壞壞，才知道怎麼對付壞壞！（未完，待續）

五

孫悟空大戰二郎神，你變我變我們變變變，每個有本領的孩子，都該有一點點「壞壞」的天性，不是嗎？太上老君、如來佛，接力對付孫悟空！女兒聽著聽著睡著了（下）

二郎神大戰孫悟空，是精采的大鬥陣。孫悟空幾乎完全「受制於」二郎神！為何天庭一堆戰將，偏偏觀世音菩薩要推薦二郎神，去對付孫猴子？

「以壞制壞」似乎是唯一解答。這裡所謂「壞」，並非邪惡、卑鄙無恥的壞，而是指人生經歷的曲折，因而培養出的「體制外」的思維與能力。孫悟空非人類所生，野性十足，沒有人性包袱。要對付他，不容易。

二郎神，出身天帝世家，但母親身為玉帝的妹妹，卻愛上凡人！還私自下凡，生了個兒子。玉帝嚴懲親妹妹，把她壓在桃山下。直到二郎神長大，學得一身本事，才以斧頭劈開桃山，救出母親。

這段故事，孫悟空顯然是知道的。正因爲有了這段不光彩的醜聞，玉帝對這外甥不算親密，這外甥對天庭也保持叛逆的情緒。這便是何以一開始，玉帝完全不曾想到有這外甥可用！

而觀世音菩薩在推薦二郎神給玉帝時，也強調二郎神是「聽調不聽宣」，換句話說，你玉帝有事要用他，可以，但沒事要給他囉哩囉唆地講官話，那抱歉，免談。總之，這二郎神，就是個很性格，而且有眞本事的大將，就對了。

於是你也就可以明白，爲何他對付孫悟空，硬是有辦法！他似乎能洞燭先機，總是預先能判斷那孫猴子的使壞，是往哪個方向走！而且，他看來會練兵、會用兵。

他要天兵天將，在天羅地網之中，網開一面，那一面空隙，他選擇相信自己的兄弟子弟兵，要他們負責圍困，追捕孫悟空。

他還深知，這孫猴子畢竟是千年修煉的「妖精」（不是人不是仙不是鬼，當然是妖）。因此對付他，還需要照妖鏡，才可以像衛星定位系統一樣，讓孫悟空無所逃於天地之間！單就這點，他就遠比一堆頭銜漂亮、制服很帥，但幹不了大事的天庭大神高明多了！可以說，二郎神接地氣、會辦事！

女兒聽我講二郎神大戰孫悟空，津津有味。

小孩子有一種天分，愛玩接龍遊戲。孫悟空七十二變，變變變，但二郎神也會變，而且追著你變，像玩接龍：你變鳥，我變鷹；你變魚，我變鷀；你變蛇，我變鶴；你變花鴇，我變人用彈弓射你！這麼一來一往，節奏明快，一物剋一物，小孩子聽起來就興奮！

爸爸怕誰？怕媽咪。女兒說。媽咪怕誰？怕泠泠。女兒說。泠泠怕誰？怕媽咪。女兒說。那誰怕爸爸？沒人怕爸爸。女兒說。

當我講到，猴子變成一座土地公廟，尾巴豎在後面，嘴巴是廟門、牙齒是門扇、舌頭是菩薩、眼睛是窗戶，想拐騙二郎神進去，然後咬他一口時，二郎神發現了，決定搗孫猴子的眼睛、踢孫猴子的牙齒，猴子一驚，立刻消失不見！（我用兩根指頭，假裝要掐她的眼、要戳她的牙，女兒笑得花枝亂顫！）

但，這回，孫猴子能去哪？

四周天羅地網，還有照妖鏡緊緊盯著他。更糟的是，這是一場多打一的圍毆！「眾天丁布羅網，圍住四面；李天王與哪吒擎照妖鏡，立在空中（空中偵察機的概念）；眞君把大聖圍繞中間，紛紛賭鬪哩。」（果然天庭都在墮落中，竟然紛紛下注，看誰會贏？）

孫悟空打不贏二郎神，沒錯。可是並不意味他會輸。他叫「齊天大聖」，但僅僅是「齊天」，並非眞的等於天庭！還差得遠呢！

觀世音菩薩、太上老君，兩位大仙，就站在天庭這一方，等待機會，適時出手。

觀世音要用她的淨瓶楊柳，丟那猴頭，助二郎神一臂之力。

但太上老君嫌瓷器易碎不好，建議用自己的「金剛琢」（又名金剛套），是錕鋼摶煉的，還被太上老君加了丹藥進去，「養就一身靈氣，善能變化，水火不侵，又能套諸物。」看來最適合丟那隻猴子啦。

果然，這孫猴子力戰二郎神，已經非常吃力了，哪能分心！這時，金剛琢從空墜下，打中了孫悟空的天靈蓋，他立馬跌了一跤，爬起來要跑，誰知二郎神的那隻哮天犬，隨即衝上前，咬住孫猴子的腿，緊緊不放。周遭人等立即壓制他，用繩索捆綁，還特地拿「勾刀穿了琵琶骨」，讓他不能再施展變化。

這「鎖住琵琶骨」的段落，一直是武俠小說裡對付高手的殘忍手段。

金庸小說《笑傲江湖》，改變成電影的《笑傲江湖之東方不敗》，日月神教前任教主任我行，練成吸星大法，動輒以人做爲練就神功的犧牲，後來教衆受不了他，背叛他，把他關起來，鎖在牢房內，電影裡，用的就是兩柄勾刀外帶鎖鏈，穿過他的琵琶骨！

琵琶骨在哪呢？就在肩胛骨與鎖骨之間。試著想想，勾刀帶鐵鏈，穿過肩胛骨鎖骨，痛不痛？當然痛啦！

更關鍵的是，孫悟空的七十二變神功，不光是口中唸唸有詞，還需要手部的動作，加以揮灑。一旦琵琶骨被鎖住，也就大大限制了上半身，包括手部的行動力，孫悟空等於變成廢人一個！噢不，廢猴一隻！

但捉拿孫悟空不易，要處置他，又談何容易！這一段，我女兒也愛死了。因爲，孫悟空，殺不死。

話說，孫悟空被押去斬妖臺，「刀砍斧剁，鎗刺劍刳」都傷不了他！

那好，用火吧！也不成。那雷劈吧！劈哩啪啦炸一頓，咦，也沒事。女兒聽到這裡，呵呵大笑。「再講一次」、「再講一次」。她似乎很感興趣，爲何孫悟空怎樣都不會受傷，不會怕痛？

這時，太上老君道出祕密了。原來，孫悟空偷吃了蟠桃、盜飲了御酒，又吞下一堆仙丹，當然已經練成金剛之軀。用對付一般妖怪的方法，是沒有辦法的！

那怎麼辦？我看看女兒。女兒看看我，那怎麼辦？爸比！

這老君想了想，把他關在我的八卦爐裡，燒他成灰燼吧！但燒了足足七七四十九日，一開爐，喝，那大聖縱身一跳，完全沒事，只是一雙眼睛，在火爐裡燒了四十九日，被燒成一雙「火眼金睛」，滿目透紅，更爲嚇人了！

這孫猴子意外被抓，還被穿了琵琶骨，痛得要死，被悶燒了七七四十九日，一肚子火氣，出了爐，見人就打，一路打遍天庭，驚得玉帝趕緊下詔，請西方佛老前來幫忙。

這佛老是誰？是大名鼎鼎的如來佛。孫悟空的命運，將因他，而改觀。

如來佛跟孫悟空的對話，是充滿教育性的。孫悟空表明了跟劉邦、項羽看到秦始皇車隊威儀時類似的心志，「大丈夫當如是也」、「某可取而代之」，他說：「靈霄寶殿非他久，歷代人王有分傳。強者爲尊該讓我，英雄只此敢爭先。」更豪氣吧！這死猴子。

但佛祖只是笑笑，說玉皇大帝「苦歷過一千五百五十劫。每劫該十二萬九千六百年，你算他該多少年數，方能享受此無極大道？你那個初世爲人的畜牲，如何出此大言？不當人子！不當人子！」

我算過了，如來佛要孫猴子算的年數，是兩億零八十八萬年（200,880,000）！

想要當上玉皇大帝，足足要吃兩億年的劫難，才有你這隻不知死活的猴子所看到的玉帝威儀，你眞是不懂事啊！

就是這意思，懂了嗎？

以後，我們在成長的過程中，以後，我們不小心對年輕世代的批評中，都會不時聽到或說出類似的話素！其中的語意，不過就是「你們這些年輕人眞不懂事」，「這世界哪裡有不勞而獲，輕易取得的成功啊！」之類的老傢伙語彙。

孫悟空當然跟所有「叛逆世代」一樣，跟所有「憤青」一樣，哪裡聽得下去！但，「不聽老人言，吃虧在眼前」，他很快要倒大霉了。

接下來，是如來佛教訓孫悟空，最精采的一段。孫悟空自負，有七十二變，觔斗雲一翻十萬八千里。如來佛只是笑笑，那你從我手掌心，翻翻看？

小孩子好騙啊！

換成像我這樣，飽經風霜、受盡折磨的花甲美魔男，如來佛伸手，一隻手掌寬的大小，要我翻翻看，我豈會上當？

天下沒有這麼容易騙人的勾當，不是嗎？就像我每次看到一堆老男人，輕易犯了天下男人都會犯的錯，輕易相信天上會掉下美麗誘人的禮物時，我都會笑一笑，阿彌陀佛，善哉善哉，你怎會輕易相信，天下有這麼輕易的打賭呢？

可憐那孫猴子，竟然信了、打賭了。他道聲「我出去也！」一翻，十萬八千里。

他看見五根肉紅柱子，撐著一股青氣。

他心想，終於翻到世界盡頭了，留個記號。

他拔下毫毛，變一支筆，跟許多遊客一樣，喜歡「到此一遊」，只是他留下的簽名是「齊天大聖」。

但，猴子啊畢竟仍是獸性不改，他在第一根柱子下，撒了泡尿。（女兒知道了吧！以後你再看到有男人在路邊、在角落尿尿的，都是獸性不改的。知道嗎？）

這猴子得意洋洋，回到佛祖處。

不料，佛祖淡淡地出示手掌，中指有簽名爲證，第一指有尿騷味爲證，賴不了啦。

孫悟空心想不妙，要逃。他能逃得了如來佛的手掌心嗎？當然不能。他的故事，要在五百年後，行經五行山的一位向西方取經的和尚路過時，才有新一頁的篇章。

女兒，好聽嗎？還要爸爸繼續講下去嗎？

我看著女兒，她悄悄地睡著了。她眞美。如一朶綻放的小花。

數年後，他爸爸的好友，看她長大的詩人許悔之，會送他爸爸一本新書，書名《就在此時花睡了》。

女兒一邊聽我爸話西遊，一邊睡著了。

世界靜悠，我心安寧。女兒如花，滿足地睡著了。

六

讀了西遊記，才會理解唐三藏還真了不起，領著一支別人拼湊的雜牌軍，竟然一路打怪，打出一個取經成功的傳奇！

你要怎麼想像《西遊記》裡，師徒一行人，一路往西的冒險犯難呢？嗯，其實，也不算一行都是人啦！人不人，妖不妖的，但總不能稱他們師徒一行「人妖」吧！就姑且，稱一行人吧！

我女兒，當時才四、五歲，她會扳開手指，細數著：有唐三藏、有孫悟空、有沙悟淨、有豬八戒，還有，那匹白龍馬。她最迷西遊角色的那幾年，我還記得，年底聖誕節來臨，我們爲了讓她相信，聖誕老公公的確會爬窗、會攀牆，進到屋內送禮物，可是煞費苦心，安排細節啊！

爲了故事聽來有臨場感，我先後買了幾個公仔給她，有唐三藏、孫悟空、豬八戒、沙悟淨，當然還有一匹公仔馬。

聖誕節前一晚，我會帶著女兒，在她覺得聖誕老公公可能進來的地方，安置好這些公仔，讓他們扮演守門角色。女兒很單純，她會挑她房間窗口、門口，還有通往客廳陽台的門口，一個一個放好位置，再祈禱要什麼禮物。看她虔誠地閉眼期待的神情，我至今都不能忘記，應該也會記上一輩子吧！

就這樣，西遊人物，她有很深的印象。

其實，熟知《西遊記》故事的人都一樣，其他的妖精神仙，未必統統記得，可是這西行團隊的要角，必定人人記得。《西遊記》作者吳承恩非常成功地塑造了西行團隊的每個角色。這每個角色，都有他們專屬的器械或武器，也都具鮮明性格。藉由西行過程、冒險犯難、過關打卡、遇妖打怪的，種種光怪陸離的遭遇，讀者自然更能理解，這些角色的功能，以及他們遇到問題時，何以會這樣或那樣因應的態度。

在《西遊記》的第八回、第九回，大致上，這幾位要角都已先行亮相。像小時候我陪老爸看京戲，陪老媽看歌仔戲時，戲才一揭幕，鑼鼓喧天，戲中主要角色，便一一登場，在舞台上，一個個以臉上的固定臉譜，以身上的固定戲服，宣告了他們即將演出的情節。

這是傳統戲劇很有趣的表現手法。明黑白、定忠奸，生旦淨末丑，從頭到尾，你都知道他們要扮演的角色。若用現代管理學的角度看，唐三藏的西遊團隊，並非他親選的「任務編組」，而是「被長官安排好的」的雜牌部隊。

這個觀察很重要。

西行何止千里？路上的風險，完全無法預估！

唐三藏一介和尚，憑靠的，是信仰的力量。他當然需要有人幫忙，需要一個團隊。但他沒有條件，去選擇自己要的隊友。

《西遊記》作者不知是無意，亦或有意，讓我們看到了唐三藏領導一支「被長官選定的」的團隊，每個成員都有自己的過往、有自己的內在陰暗面，但卻無所選擇地，必須加入西遊團隊，協助唐三藏完成西行取經的任務！

我跟女兒說，這就好像你要去班遊、去課外活動，班上要分成好幾組，但你不能挑你的好朋友同一組，而是老師指定哪幾個人分派在一組。

女兒聽了「啊」一聲，顯然很不願意。但她未來，會一而再、再而三地發現，人生裡的分組合作是常態，而每一次的分組，都不見得能挑自己喜歡的人同組共事。這是無奈，卻也是隱喻，你終究要在「與人合作」的要求下，去完成人生舞台上的某些任務！

一個領導，是不是好領導，固然可以看他「如何」挑選團隊，完成使命。但，一個更感人的優質領導，可能是看他在無可奈何下，怎麼讓一支雜牌軍，蛻變成一流團隊！

當然，我女兒聽「爸話西遊」的年紀，還不可能懂。但她爸爸我，卻已經是歷經滄桑的中年男子了，我懂。也希望，有一天，女兒長大到某一個階段後，面對人生，回顧往昔，她會突然想到我曾經講過的西遊團隊，雜牌組合的故事！

好，《西遊記》作者告訴了我們，唐三藏是一位了不起的大和尚，他之所以能西行數千里，完成艱難的歷程，除了毅力，堅定不移的毅力，還有領著一支雜牌軍，在內部矛盾、外部艱困的交相干擾下，一步一步實踐了「領導者」的氣質！

《西遊記》第八回，如來佛收服了孫悟空之後，回返西方極樂世界。念茲在茲，要把西方佛法的精神，東渡到中原。這任務，當然是之後交由唐三藏來擔任。

但，從東方中原，到西方極樂世界，路途遙遠，絕不平坦，不能讓唐三藏一人獨行，替他挑選團隊，是先決條件。這工作，又交給了觀世音菩薩。

如來佛交付了一件「錦襴袈裟」，「穿我的袈裟，免墮輪迴」。再拿了一根「九環錫杖」，「持我的錫杖，不遭毒害。」這兩樣器械，後來都是我們印象中，唐三藏的基本配備。

然後，如來佛顯然心中已有個預設答案，他又給觀世音三個箍兒，叫「緊箍兒」。「一樣三個，但只是用各不同。」並附上金、緊、禁的咒語三篇。

幹嘛呢？

如來佛如此交待觀世音。

若路上遇到神通廣大的妖魔，你勸他學好，跟那取經人做徒弟。他若不服，就將這箍兒戴在他頭上，立刻見肉生根。（好可怕啊！）他若不聽話，唸一唸咒語，他立刻眼脹頭疼、腦門皆裂，非聽話不可！（好可怕！）

我講到這，故意很誇張地，看一下女兒她媽咪所在的位置，擠一下眼睛，「就像你媽咪唸我們一樣啊！唵嘛呢叭彌吽，唵嘛呢叭彌吽，啊，爸爸頭好痛，爸爸頭好痛！寶貝你痛不痛？」「啊，我也好痛、好痛。」女兒學我，在地上打滾，好痛、好痛。

她媽咪看我們父女在地上滾來滾去，問了：你們在幹嘛？發神經啊！啊，沒事啊，我在跟女兒講《西遊記》啊！我趕緊跟女兒擠擠眼睛，她立馬正襟危坐！果然，我跟女兒頭上都有一個緊箍兒，見肉生根，咒語都在她媽咪嘴裡！

好。言歸正傳。

話說，那觀世音帶著一名徒弟，惠岸行者，帶著如來佛交待的器械，出發了。這路線剛好相反，是「東遊記」。觀世音要去大唐首都長安，找可以去西方取經的僧人。沿途，還要替他找好可以追隨的團員。

觀世音第一個收的團員是誰？孫悟空？女兒說。嗯不是。哦？女兒眼神好奇。是誰？聽著啊，女兒。觀世音師徒，走著走著，看見弱水三千。啊，是流沙河！河裡突然跳出一個妖怪。那怪物，手執寶杖，要捉菩薩。惠岸當然上前保護，兩人打了數十回合不分勝負。

怪物好奇，問惠岸是誰？惠岸告訴他，怪物一聽是觀世音菩薩，立刻下跪，述說自己的身世，他原是靈霄殿下的捲簾大將，蟠桃會上，失手打破了玻璃盞，被打了八百杖，貶下界來。處罰還不止這些，每隔七天，要被不知從何而來的飛劍，穿他胸膛百餘回，痛苦啊痛苦！

菩薩決定收他，要他在此等待，日後幫助取經人去西方取經。怪物點頭了。這時，怪物說，過去過河之人，被他殺了不少，屍骨拋進流沙河，全都沉到水底，這流沙河即便鵝毛，也不能浮在水面，但唯有九個取經人的骷髏，竟然浮出水面，怪物便把這些骷髏穿成一串。菩薩聽了，叫他戴上，像項鏈一樣戴著，以後自有用處。觀世音親自爲他摩頂受戒，既然來自流沙河，就取姓爲沙，命名爲悟淨。

女兒拍手，她知道了沙悟淨。

收了沙悟淨，接著，是誰登場呢？這妖魔，在菩薩師徒行經的一座山頭上，惡狠狠地等著，看到菩薩，一釘鈀就打過去。菩薩徒弟惠岸，迎頭而上，擋住釘鈀，雙方也是殺得難解難分。

觀世音這回主動出手，拋下蓮花，隔開鈀杖（這可是以柔克剛啊，一朵蓮花，架開硬碰硬的鈀杖），妖魔當然大吃一驚！來者是高手中的高手！當他知道是南海菩薩觀世音時，倒下便拜。

他原來是天河裡的天蓬元帥，只因帶酒戲弄嫦娥，玉帝打了他兩千鎚，貶下塵凡。不料投胎投錯了，竟投到母豬胎裡，變成這副模樣。人不人，豬不豬的。（我學豬啼，嗷嗷嗷，女兒一直笑。）

菩薩勸他改邪歸正，他同意了，也留在此地，等待取經人路過。菩薩遂以豬當姓，爲他取了法名悟能。至於，大家耳熟能詳的豬八戒，八戒是哪八戒呢？分別是要斷戒「五葷」與「三厭」，五葷是五種刺激性的蔬菜，道家與佛教，說法不一，但不外乎是大蒜、小蒜、洋蔥、蔥、薤等。三厭，指不食三種動物，天上的雁、地上的狗、水中的魚。

「五葷」「三厭」，加總起來不就是「八戒」！

菩薩收了沙悟淨、豬八戒，再往前走，聽到空中有一條玉龍在慘叫。菩薩看他是條龍，好奇怎麼回事？

這龍是西海龍王敖潤之子，因縱火燒了殿上明珠，他父親上告天庭，判了個忤逆罪。玉帝把他吊在空中，打了三百下，不久就要殺他。他向菩薩求情，菩薩心軟，又想到西行取經，還是要幫手，便向玉帝要求讓他戴罪立功，一起護送取經人去西方。這就是後來唐三藏的坐騎白龍馬，不算唐僧的徒弟，卻是任勞任怨、一路陪伴的忠實坐騎。

我看看女兒。我講得好累。女兒問：孫悟空呢？

快了，快了。孫悟空要再度登場了。

這孫悟空，曾經爲我女兒守護過好幾個聖誕夜，在窗角、在門邊。早晨女兒醒來，我們告訴她，聖誕老公公昨晚來了，禮物在窗邊時，她興奮尖叫，跑去窗邊，眞的，那裡放了一盒包裝好的禮物。孫悟空公仔靠在窗邊，守護著。

女兒看看我們，看看禮物，開心地說：謝謝聖誕老公公，謝謝孫悟空！

七

西遊領隊要登場了！為了他，觀世音親自挑了隊員，並遠赴長安進行面試。他就是唐三藏，民間印象最知名的大和尚！

女兒還小的時候，我們夫妻喜歡在她要睡覺前，一起躺在床上，哄她入睡。三人東扯西扯的，很是歡喜。

如果是唸故事書，或我自己編故事，女兒會聽著聽著，瞇上眼。有時假睡，有時不久便沉沉睡著。我喜歡試試，看她眞睡假睡，通常是輕聲地說，爸爸要親你嘍。如果假睡，她會有忍住笑意的表情，如果是眞睡，那你卽使親她兩三次，她也沒反應。

這種遊戲，我百玩不厭。因爲，我知道玩這遊戲，是有賞味期的。如同我跟她講《西遊記》一樣，怎麼可能一輩子講下去呢？

父與女，講故事，有賞味期的。我呆呆望著女兒。女兒突然張開眼睛，「怎麼不講了，爸爸？」我閃神，以爲她睡著了。我問她，爸爸剛剛講到哪裡？你講到觀世音來到五行山下，要看到孫悟空了。我捏捏她肉肉的小臉頰，「原來你都沒睡哦！」快講，繼續講。女兒側身，面向我斜躺的方向。

話說那觀世音菩薩，繼續往前。忽然，金光萬丈、瑞氣千條，果然排場不一樣了，比起豬八戒、沙悟淨、白龍馬出場的規模，這位主角，可是大明星架勢了。

「孫悟空要出現了！」女兒說。

對，孫悟空被壓了五百年，終於要再度亮相了。觀世音向前一看，五行山山上果然有一幅如來佛的「壓帖」，正是這壓帖，才壓得住孫悟空。孫悟空一聽有人來了，精神爲之一振。放眼看去，赫，此人必然來頭不小，因爲土地公、山神、負責監押大聖的天將，竟都一一向前拜見這位來客。（很顯然，天上地上都差不多，官大馬屁多，不是首長出巡，哪來這麼多跟屁蟲！）

菩薩看那猴子「壓於石匣之中，口能言，身不能動。」

菩薩問，你還記得我嗎？孫猴子怎麼不記得，不就是你參與圍毆，我才中箭落馬的嗎？但，剛才那段只是心中的小劇場演出，孫猴子被壓了五百年，早就學乖了，幹嘛耍嘴皮子，繼續吃苦？

他立刻乖巧地回答：你就是那南海普陀落伽山救苦救難大慈大悲南無觀世音菩薩！厲害吧！被壓了五百年，竟然沒有語言退化症，也沒有失智症，還能一口氣連珠炮似地唸出觀世音菩薩全名，你說你說，這孫猴子是不是變更精明了？記住啊，各位，人要識時務。

觀世音菩薩雖是天上大神，聽到孫猴子一口氣記得她的全名，會不爽嗎？歐買尬，再來一遍，要一口氣，很有誠意地：南海普陀落伽山救苦救難大慈大悲南無觀世音菩薩！

這菩薩不免要裝腔作勢，教誨一下孫悟空。這悟空不笨，隨即吟一首詩（嘿嘿，猴子作詩，史上頭一遭，金氏世界紀錄）：「人生心一念，天地盡皆知。善惡若無報，乾坤必有私。」

怎樣？猴子有頓悟吧！我孫猴子有心改過，天地佐證，善有善報惡有惡報，您放心啦。

觀世音決心再收他，要他留在這，等西行取經人來，自會救他出來。

觀世音正要爲他取名，孫猴子說已經有名有姓了，叫孫悟空。觀世音大喜，前面收的兩個徒弟，都是「悟」字輩，眞巧，眞巧。

西行團隊，有猴隊長了、有豬隊友了、有沙和尚了，連專屬坐騎司機都有了，接下來，是去找尋那團隊領導唐三藏了。

《西遊記》確實有所本，唐朝僧人玄奘（俗名陳禕），他在唐太宗貞觀三年（西元六二九年），從長安出發，西行取經，抵達天竺國（古代印度），一去十七年。路遙知馬力，餐風露宿，穿過大漠、高山、荒涼山谷、險惡溪流，不同的民族、國家，經過新疆、中亞多國，路上還不時遭遇山賊強盜。

現在計算他的路程，約莫五萬餘里（沒有飛機、沒有高鐵、沒有鐵路、沒有汽車，甚至也沒馬車，他主要靠騎馬，以及經常的徒步），他帶回梵文佛經六百五十七部。

他口述了這段歷程，門徒爲他筆錄，集結成《大唐西域記》。再之後，門徒又爲他撰寫《大唐大慈恩寺三藏法師傳》，開始有了「神化」玄奘的描述，這爲之後的種種西遊話本，開了神話的源頭。

這大慈恩寺，是玄奘歸國後，在那譯經主持的寺廟，至今超過一千三百多年，仍屹立不搖，非常壯觀。

好，《西遊記》既然是「神化」了唐三藏，當然要戲劇化地安排他出場啦。玄奘是在貞觀年間出國的，西去十七年，回來還是貞觀年間，最戲劇化的背景，無疑是唐太宗李世民了。

爲了讓玄奘的出場，有被神化的前提，於是，《西遊記》用了兩回，描述唐太宗因爲協助父皇開創帝業、殺人無數、血流成河，不免夜半不時驚魂、做惡夢。這時，作者替我們解釋了，何以廟門上，左右護法是尉遲敬德與秦瓊。

這兩人追隨唐太宗，忠心耿耿，知道太宗夜夜惡夢，志願在皇宮站崗。說也奇怪，他們兩人一值班，當夜，太宗便得好睡。

可是？沒錯，你問得好，這兩人總不能夜夜站衛兵吧？唐太宗想了個方法，叫畫師把兩人畫在大殿門上，一左一右，沒想到，惡鬼還眞好騙！傻傻分不淸，從此唐太宗也就高枕無憂了。

前門擋住了，妖魔可以從後門來啊！好，太宗想想，那讓直言不諱的魏徵把守後門吧！平常我太宗怕你魏徵，現在看你魏徵怕不怕鬼！

嗯，有效哦。也一夜無事，但太宗畢竟被嚇到了。身體狀況持續走壞，太后不安，召集群臣，商議後事。

以下段落，全是爲了合理化、神格化玄奘的出場而掰弄的情節。

太宗終於不治，死之前，魏徵交給他一封信，說碰到崔珏時給他。這崔珏何人？是太上皇、太宗老爸的重臣，死後掌管陰間生死文簿，與魏徵有私交。魏徵在信裡替太宗求情，要崔珏幫忙，放太宗還陽。（有權力，眞好！有關係有人脈，眞好！）

太宗到地府後，果然遇見崔珏。崔珏豈有不幫的理由？但他一路帶著太宗穿過陰曹地府的重重關卡，也帶有教育太宗的意義。讓他看到十八層地獄，看到奈何橋，看到被他「玄武門之變」喪命的兄弟李建成、李元吉，來跟他索命。看到太宗闖天下，殺戮的六十四處煙塵、七十二處草寇、衆王子、衆頭目的鬼魂。

這些都是伏筆，預留了玄奘出場的線索。

最終，太宗還陽了，他還有二十年的陽壽。活過來的太宗，知道自己殺戮罪孽，今後一定要爲生者造福、爲往生者安魂。他著名地放出三百多名死囚，約定一年後回來的故事，被巧妙地穿插在這裡。

你若跟我一樣，屬於老世代，怕多半讀過宋朝歐陽脩的〈縱囚論〉。他評論的，也是這段事蹟。在爲死者安魂的部分，則由皇家出面辦一場規模宏大的「水陸法會」。該由誰來主持呢？

照過來，照過來，玄奘，於焉登場了。這玄奘被描述成「自幼爲僧，出娘胎就持齋受戒」（這是成分好）。他外公是當朝一路總管殷開山。他父親陳光蕊，中狀元，官拜文淵殿大學士（這是血統純）。一心不愛榮華，只喜修持寂滅（只想達到涅槃的境界）（這是修爲夠）。」這樣的和尚，皇室怎能不愛？一旦成爲皇室御用的水陸法會主持人，名聲當然一傳三千里。連東遊長安城的菩薩也知道了。

觀世音透過巧妙安排，終於把錫杖、袈裟，轉交到了玄奘的手上。但觀世音菩薩還要考考這玄奘的實力。穿了袈裟、舉著錫杖的玄奘，在水陸法會裡講經。他先唸了《受生度亡經》，又談了《安邦天寶篆》，又宣了《勸修功卷》。

突然台下有人厲聲高喊：「那和尚，你只會談『小乘教法』，可會談『大乘教法』麼？」

玄奘是行家，一聽便知發問者是高人（當然是高人，就是觀世音菩薩啊）。他趕緊下座，趨前請益。

菩薩告訴他，小乘教法，度不得亡者超生。唯有大乘佛法三藏，能超亡者升天，能度難人脫苦、能修無量壽身、能作無來無去。

這時唐太宗來了。一看，這不是當日把袈裟、錫杖送給他，要轉交玄奘的人嗎？此刻，菩薩告誡大乘佛法，在大西天天竺國大雷音寺。太宗問，可還記得，菩薩說可。太宗請求開示，菩薩眞身顯露，登上講壇，托了淨瓶楊柳，右邊站著徒弟惠岸，手執長棍，精神抖擻。人人喊著：「好菩薩！好菩薩！」

觀世音菩薩一邊開示，一邊漸漸消失於空中。

但消失之前，飄落一張簡帖，上面寫著：「禮上大唐君，西方有妙文。程途十萬八千里，大乘進殷懃。此經回上國，能超鬼出群。若有肯去者，求正果全身。」

太宗聽了當下表達派人前往天竺國的意願。

此時，玄奘向前施禮，說「我願意」。這便促成了玄奘的西行取經。

但，玄奘怎麼有三藏的名號呢？細心的讀者，有沒有留心啊？唐太宗畢竟是史上知名的好皇帝，他留心到了。他說既然菩薩現身，說西天有經三藏，那玄奘你就號作三藏，如何？

皇帝賜名，誰敢說不好？玄奘點頭，從此，世間有了一個唐三藏！他將引領一支雜牌軍，渡惡水、攀高山、越沙漠、走荒棘，爲後代鋪出一段極爲精采的《西遊記》！

八

女兒總是愛問：爸爸是真的嗎，你講的故事？

寶貝，虛實穿插、真假相連，才讓《西遊記》如是燦爛而動聽啊！

我愛你我才編了那麼多故事！

《西遊記》很夯。夯到至今，電影電視不時還給它重拍一下。連電玩遊戲，也透過通關打怪等形式，發展出不少玩法。

雖然有學者一再強調，《西遊記》裡很多觸及歷史的部分，都與史實不符！但，看來，Who cares！

不要說《西遊記》本身與史實出入極大，就算後來依據《西遊記》大玩改編戲碼的民間戲曲、電視電影，又有多少，是與《西遊記》本文，吻合貼近的呢？

想想看，周星馳的《大話西遊》吧，完全另闢蹊徑，「怎麼大話」是重點，「西遊如何」根本不重要！

我在跟女兒講西遊故事時，由於女兒不免要問：爸爸這是眞的嗎？眞的有孫悟空？他會騰雲駕霧？豬八戒長得像豬？蜘蛛會變身蜘蛛精？那蟑螂呢？

總之，你講得愈天花亂墜，她就會愈當一回事，愈發相信，故事都是眞的。但，你又不能因爲擔心她眞信了，夜裡會做惡夢，或影響她日後的認知，因而就把故事講得枯燥乏味，讓她連聽都不想聽下去，那豈不失去了「爸爸每晚講故事」的用意嗎？

我在對女兒說西遊的過程裡，相當程度地理解了，何以「故事」會愈講愈豐富，愈講愈神奇的原因。不這樣，故事怎麼會「好聽」呢？

如果你說，唐朝有個和尚叫玄奘，俗名陳褘，家世不錯，但他從小出家，天資聰穎，過目不忘，每每得到一些佛家的經典，覺得其中的教義，不無相互矛盾時，四處找高僧請教，得到的答案，又都解讀不一，因而他決定「出國深造」。

當時佛教是舶來品，跟現在美國主導學術霸權一樣，你要留學，首選當然是美國。當時的玄奘，若要尋得一個佛學佛教最終極的知識，他考慮的首選，無疑是佛教的發源地古印度！這很自然。

於是，他「申請」出國。但，抱歉，唐朝政府不准。怎麼辦？他決心偷渡。他往西，慢慢走，在玉門關滯留一陣，找到機會，偷渡成功。

既然是偷渡，那更沒回頭路了。回去不僅沒面子，還有法律責任要負。他只能一路向前，「我一定要成功！」

他的歷程絕對是辛苦的，這不用多費唇舌。想想看，現在你搭飛機，從西安穿越喜馬拉雅山，直落印度，都是一趟令人嘆爲觀止的飛行了，何況是當年大唐王朝的年代？陸路，步行，根本是天方夜譚！

玄奘於是採取繞道對策，進新疆，穿中亞，往南走，進印度。大約走了五萬里路（約莫兩萬公里）！有沒有被嚇到！中間有沙漠（戈壁）、有高山、有深谷、有不同語言文化的各個小國家，當然必定有山賊強盜地痞流氓等等的侵擾。

但，玄奘就這樣，一步一腳印地，走到古印度；紮紮實實地走，完全沒有虛招，你說你不佩服嗎？

好，問題來了。你就這樣講，關於玄奘取經有多辛苦、路程有多艱難、太陽多曬、風雪多厲、寒冷多凍、野獸多猛、歹徒多壞，你覺得，聽眾會想聽多久？我女兒，一個四、五歲的小女孩，會感興趣地聽下去嗎？

於是，關鍵來了。關於玄奘何以去古印度取經，他爲何講經之時，被菩薩化身指點「小乘教法」不足以度亡者超生，唯有「大乘教法」可以？這大乘小乘之別，你眞要去追究嗎？除了佛教徒，廣大聽故事的人，恐怕要一個一個點頭，睡著。

但，《西遊記》確實也碰觸到一個佛教發展的大問題。其實，所有的「偉大人物」，如果就他一人，獨善其身，他一旦從人生舞台畢業，一切戛然而止，那自然沒啥問題。

但，如果，他是一派學說的創始大師，是一門教派的開山祖師，是一個幫派的創幫元老，甚至，可能是一個革命政黨的「國父」，噢，那問題可大了！

君不見，多少風風雨雨，腥風血雨，不是在「大師」「宗師」「國父」一旦掛點後，便陷入弟子內鬨，派系鬥爭，學說紛爭的尷尬？

孫中山過世，汪精衛、胡漢民、蔣介石的長期爭鬥！列寧掛點後，史達林與托洛斯基的惡鬥！毛澤東去見馬克思後，四人幫與鄧小平的對幹！

別以爲，只有革命政黨這樣搞，你難道忘了，電影《武狀元蘇乞兒》裡，丐幫幫主走了以後，丐幫不也因爲大老搶幫主之位，搶出火氣，彼此廝殺，最後反而讓外來的蘇乞兒，夢中學到了「降龍十八掌」，搶到了幫主寶座！

「領袖」不安排接班順位，或安排得令人不滿，都會導致搶位子的風雨飄搖。

宗教難道不會嗎？尤其在「charisma」（超凡魅力型）領袖身亡之後，教派也會因爲衆弟子之間的搶位子，或爭正統，而陷入分歧。伊斯蘭教在先知穆罕默德過世後，因爲繼承之爭，連帶引發《古蘭經》詮釋權之爭，造成的什葉派、遜尼派等爭議，至今，還在伊斯蘭世界紛擾不已，誰說，宗教能免於世俗權力的困擾呢？

了解這，你也就明白，玄奘在觀世音菩薩化身的指引下，提醒他「小乘教法」不如「大乘教法」的背景了。

釋迦牟尼佛涅槃後，同樣地，佛教也陷入教義如何解，誰解最具正當性的爭執！大乘、小乘之爭，衍生出北傳佛教（從中國一直到韓國、日本），以大乘為主；南傳佛教（斯里蘭卡、東南亞等國），以小乘為主；還有一支則因為傳進西藏，發展出獨特的藏傳佛教系統。

如果你不是佛教徒，也不必那麼深究大乘小乘的區隔，不過，至今，小乘佛教對一直被「大小」相比較，是深深在意的。所以，一九五〇年代，世界佛教徒聯誼會，決意要以「上座部佛教」來統稱南傳佛教。

有沒有注意到「上座部」的名稱？有趣吧，以前，你叫我「小乘」，對照「大」乘，我不爽。現在，我乾脆改名「上座部」，怎樣？你大乘，我就上座部！誰怕誰啊！

故事講到這，有沒有一種感覺：我，講《西遊記》的我，還眞的滿有點學問的，不是嗎？嘿嘿。

《西遊記》作者，穿鑿附會，但基本上，還是在歷史的框架內發展的「故事」。因而，你不必把這書當成史料來看，正如你不可以把《三國演義》等同於《三國志》一樣。既曰「演義」，當然是衍生出的故事。

要眞研究玄奘西行取經的狀況，你當然得看他口述的《大唐西域記》。但，眞的，不是我說，你多半不會有興趣了。

一開始，可以想見，大家一定好奇，尤其在那個資訊不足、交通不便的時代，玄奘如何一路走到西方極樂世界？他遇到什麼人、看到怎樣的奇觀異俗、碰到什麼樣的危險，大家一定很好奇。

當然，大和尚是不會想危言聳聽、誇張經歷的，然而，他一定也不免有自己的一些困惑，或感覺冥冥中，似乎有什麼力量在默默地保護他。

當他有這些疑惑時，自然就會留下後人做文章的餘地。比方說，《大唐西域記》裡，玄奘述說了一些在西行途中，關於龍的不少傳說，這些傳說後來就被話本附會於中國原本的龍文化之中。在《西遊記》裡，龍王就很活躍。

再例如，玄奘自己也說，曾在遭遇婆羅門教徒的圍攻中（可見宗教之間的矛盾，早有紀錄），正當被捆綁，將要被殺害時，突然林間起大風，飛沙走石，嚇得婆羅門教徒一陣驚慌，以爲有天助玄奘！

類似這些出自玄奘大師之口的遭遇，在後人的詮釋下，當然可以充作加油添醋的材料。

果然，在玄奘圓寂之後，隔了二十四年，他的門人編撰了一本《大唐大慈恩寺三藏法師傳》，裡面開始出現了一些超自然的情節描述。這很合理，一則顯示弟子對大師的景仰，再則要偉大就非有神奇的事蹟不可！

我們後世讀《西遊記》的人，也不應該忽略，在《西遊記》未成書之前，民間已經有不少關於玄奘西行取經的「話本」。話本者，民間說書人用的腳本是也！

從歷史的脈絡來追蹤，可以發現，自唐代以降，「玄奘取經」就是熱門的說書題材。他一個人西行，多無聊啊，當然要給他添一些同伴。孫悟空的出現，是西遊團隊中最早的。然後，西夏、南宋時期，沙悟淨的角色慢慢形成。差不多在元朝，豬八戒也逐漸出現。也許，我用個幾個武俠小說、現代電影當例子，你會更懂。

黃飛鴻，眞有其人，但被故事化之後，他開始「愈來愈厲害」。

葉問，眞有其人。同樣，被故事化之後，他也打遍天下無敵手！

然後，黃飛鴻的徒弟，他與十三姨的愛情，被做文章了。

葉問的元配，被放大角色了。葉問年輕時，因切磋武藝而生情愫的宮若梅，被拿出來當成亂世鴛鴦，棒打分飛的題材等等。

何嘗不是，很典型地，因爲要說故事，因而文本不斷衍生、變異，產生複雜化的範例呢？這樣，故事才好聽啊，不是嗎？請問吳承恩（《西遊記》作者），請問羅貫中（《三國演義》作者），請問施耐庵（《水滸傳》作者），不是嗎？

女兒，我知道你會問，我講的故事都是眞的嗎？小寶貝，有眞有假，虛實穿插，爲了要吸引你，睜大眼睛，望著我，愛你無限大的老爸，我卯足全力，講故事！

唯有，愛你這件事，天下無雙，是眞的。

九

唐三藏真是個美男子，無誤！

但他不接地氣、不善與人周旋，是這樣嗎？還是，

作者要刻意貶抑他，好讓孫悟空可以登場，當真正的男主角？

《西遊記》裡，講到唐三藏，得到觀世音菩薩帶來的錫杖，一身的袈裟，在唐太宗的親自送行下，浩浩蕩蕩地從長安城出發，看似威風八面，對吧！

可是，女兒，完全錯了。歷史上的玄奘，是因爲得不到唐朝官方發給的護照，才偷偷地從玉門關溜出去。

你想想，既然是偷跑，他可能穿著袈裟、手持錫杖、騎著駿馬，大剌剌地招搖出發嗎？女兒雖小，也會點頭。「偷偷」做什麼這檔事，每個小孩都有經驗，不可能大剌剌地，只能是「偷偷的樣子」。

爸爸「偷偷地」多喝一杯酒。

女兒「偷偷地」多吃幾粒糖。

爸爸回家「偷偷地」塞一包巧克力給女兒。

女兒「偷偷地」告訴爸爸，媽媽在生氣。

你看，我連講「偷偷地」這幾個字眼，都是一副「偷偷的樣子」！何況是，玄奘「偷偷地」從長安城出走，「偷偷地」偷渡出玉門關呢？

因此，他不可能頭戴一頂毗盧帽，身穿亮晃晃的袈裟，手持那麼一根顯眼的錫杖，去「偷渡出關」，那不是自找麻煩嗎？

再來，既然是偷偷出關，也不可能大隊人馬。一人踽踽獨行，最爲合理。一人獨行，若還戴著一片片組合如蓮花一般高聳的帽子，還穿袈裟，還手持錫杖，請問他怎麼背行囊？渡過沙漠，擋強風？錫杖單手持著，自拍一張可以，你試著走上一大段沙漠試試？不累死你，才怪。

因而，歷史上流傳的，關於玄奘西行取經的圖像，最具代表性，最接近眞實的，應該是收藏於日本國立東京博物館的〈唐代僧人圖〉。圖中人物，到底是不是玄奘？歷來爭論不少。但一般都公認，圖中造型應該就是唐朝僧人，遠遊化緣四方的最普遍裝扮。

頭頂類似電影《倩女幽魂》裡，書生甯采臣要去收帳時頂的竹簍，背在背上，可以裝日用品，頂上延伸出一塊屏障，可以遮陽、擋雨。竹簍上可以掛傘或毛巾。身著羅漢衣、腳踏芒鞋、腿肚紮綁腿，完全一副行萬里路的樣子！這才合理啊。

所以電影終究是電影。畫面講究畫面的美，但看看就好。

《西遊記》裡描述唐三藏是美男子，吃他的肉，可以長生不老。往西方路上，不少妖精覬覦他的肉，但也有一些女妖，是知道唐僧俊美，因而也貪戀他的肉體！

唐三藏俊美嗎？史實上看，他應該是美男子。他的徒弟在《大唐大慈恩寺三藏法師傳》裡，形容玄奘一家，包括他父親、他兄長，以及他，個個都是美男子（換句話說，家傳美男基因啦）。他的父親哥哥，都具備高大、英俊、身體強壯的特質，想來玄奘必定不差。「端嚴若塑，美麗如畫。音詞清遠，言談雅亮。」人如雕像，說他五官端正立體。美麗如畫，若非花美男，不足以擔當。音詞清遠，言談雅亮，則是他的聲音好聽，談話有內容，有深度。

不管他徒弟是否有過度美化之嫌，但想想看，他一人獨自完成西行五萬里的長征，若沒有健康強壯的身體，沒有堅毅不拔的意志力，沒有逢凶化吉的應變能力，沒有善於雄辯精於溝通的言辭，請問如何可能呢？對吧！總而言之，唐三藏個人條件絕對是上上之選。

但《西遊記》講的是團隊合作、過關打怪的故事，於是，唐僧個人的條件，就必須「混搭」於團隊的角色性格之內，才有觀察的意義。換言之，他不是唯一，他不能唯一。

唐三藏出關之後，很快就遇到妖魔。他西行之初，只有兩位隨從。遭遇的第一個魔王，號稱「寅將軍」，是隻虎怪。他與兩位妖友熊將軍（熊妖精）、特處士（牛妖精），很快地，就吃掉唐僧兩位隨從。吃相相當駭人，駭到什麼程度呢？「把一個長老（指唐僧），幾乎唬死。」但，這「纔是初出長安第一場苦難」而已。

序幕而已啦，但唐僧幾乎被嚇死。可見《西遊記》並不想把唐三藏，寫成是一個「了不起」、「臨危不亂」的大人物，反而把他寫成「會怕、會嚇死」的角色。這相當程度，是與眞實世界的玄奘，大異其趣的。

爲何呢？我們不妨推敲推敲。《大唐西域記》，玄奘是第一男主角，也應該是唯一主角。可是《西遊記》不同。作者安插了孫悟空，這位可以「齊天」的大聖，又安排了豬八戒、沙悟淨等徒弟。如果，唐三藏一逕是果斷獨行的性格，那徒弟能有什麼空間可發揮？

就寫作策略來說，唐三藏「必須」是一個性格多變的角色，這才讓他與徒弟之間，有更多可以因時、因地、因事，而發生矛盾、扞格的衝突，故事才會好看、精采！

所以，當唐三藏出關之後，《西遊記》讓他遭遇第一場還不算什麼咖的虎精、熊精、牛精的吃人事件，其目的很清楚，就是讓你，沒錯，讓你們這些讀者，「瞧不起」或「很看輕」唐三藏這個師父！

所以，唐三藏第一關，碰上三個不怎麼樣的「妖怪咖」，見到生吞活人，「剖腹剜心，剁碎其屍」，便嚇到半死。其實是醞釀了，他，這位一代國師，仍然需要有人保護他。

於是，誰先保護他，直到孫悟空等一干徒弟出現呢？是山中獵戶，劉伯欽。

當唐三藏僥倖逃脫三個妖精後，又在山中遇到老虎。唐僧唸經唸咒，可以，叫他像武松一樣打虎，那就開玩笑了。而且他撞到的，不只一隻老虎，還是兩隻！且，身後還有幾條長蛇盤繞。

他的坐騎，一下子腿軟，整個癱了。讓唐三藏進退不得，叫苦連天。

正在那時，突然間，老虎跑了，毒蛇不見，原來出現一人，手執鋼叉，腰懸弓箭，爲何這些猛獸怕他？因爲他是獵戶，打獵爲生，綽號「鎮山太保」，野獸怎能不怕？

這鎮山太保，功夫眞是不差。當他們正在彼此交換名片之際，一隻不知死活的斑爛虎出現。這獵戶，欺身向前，跟老虎纏鬥，鬥了一個時辰，那獵戶一記鋼叉插進老虎胸膛，鋼叉尖，穿透心肝，老虎霎時斃命。

這獵戶眞是漢子！揪著老虎耳朵，拖上路來，氣不連喘、面不改色。唐三藏跟他回家。

山中獵戶，想當然耳，家中都是獵物，顯然葷食。但唐三藏只能茹素，不是嗎？還是獵戶老母親，想了主意，把鍋子清洗數遍，用熱水去了油膩。

然後，煮水，把山地榆葉子，著水煎作茶湯，再拿些黃糧粟米，煮飯；再把乾菜煮熟，盛了兩碗，很快便湊合出一頓齋飯。

雖然唐三藏茹素，但獵戶一家全是葷食。透過唐三藏的眼睛，《西遊記》讓我們看到了，當時在唐朝接近西域邊關附近，一般獵戶的生活樣貌。

靠山吃山，靠海吃海，很明顯是一般人民的生活方式。唐三藏看到屋內，堆滿虎肉、香獐肉、蟒蛇肉、狐狸肉、兔肉等等，而這殺虎的壯漢，劉伯欽，「點剁鹿肉乾巴，滿盤滿碗的，陪著三藏吃齋。」

看見沒，都是肉、肉、肉！這是沒有現代飲食重視均衡營養的年代，一般民眾吃到肉，是財力象徵，是地位顯示，但對靠山吃山的獵戶呢？打獵、吃肉，是生活常態。但看在長年茹素，主張不殺生的唐僧眼裡，這不啻是「野蠻之人」！

草草吃過齋飯，獵戶引唐三藏進後院坐坐。進到一間屋內，「只見那四壁上掛幾張強弓硬弩，插幾壺箭；過梁上搭兩塊血腥的虎皮；牆跟頭，插著許多鎗刀叉棒；正中間，設兩張坐器，伯欽請三藏坐坐。三藏見這般凶險腌臢，不敢久坐，遂出了草亭。」

這段描述，你別小看它，其實乾淨俐落地，點出了唐三藏的為人：一，畢竟是過慣斯文日子的和尚，滿室兵器、獵物標本，令他不安；二，他真的不會social，至少，不會跟像劉伯欽這種草根武夫social！

可是，這跟歷史上，一個能獨行五萬里，西行取經的玄奘相對照，應該滿不合情理的。懂我意思吧！西行五萬里，要遭遇多少麻煩！遇到多少龍蛇混雜的人物！要藉助多少人的幫忙！才可一一過關成功！一個不會、不懂、不能去跟所有類型人物打交道、博感情的唐三藏，有可能「存活到」西方天竺國嗎？應該很難吧！

如果你也在那點頭，嗯，有點道理，那就對了，因為，這正是作者要鋪陳的邏輯。一個不懂人情世故、不知人間現實的唐三藏，既然發願要去西方取經，以度化大唐芸芸眾生，那他非得靠「高人」協助不可！

而，作者安排唐三藏出關之後，首先遭遇猛虎毒蛇的威脅（從宗教的暗示而言，猛虎毒蛇，都是威脅誘惑的隱喻）。繼而，出現一個粗莽獵戶的搭救，都有爲即將現身的孫悟空等西遊團隊，合理出場的意味。

果然，隔天獵戶送唐三藏出門，直送到一座大山前，便要告辭。唐三藏當然知道沒有獵戶護送後，前途未卜，但獵戶告訴他，不行，「此山喚作兩界山。東半邊屬我大唐所管，西半邊乃是韃靼的地界。那廂狼虎，不伏我降，我卻也不能過界，故此告回，你自去吧！」說完便要要走，三藏怎捨得！

但，殊不知，這正是《西遊記》妖魔鬼怪探險的開始呢？

劉獵戶說得好，過山之後，不僅非大唐國境，更是虎狼榛莽之境，哪裡是「他這個人」所能插手的？當然，要交給孫悟空啦！

沒錯，沒錯，女兒你別催我，你聽你聽，那不是孫悟空要出現了嗎？

「我師父來也！我師父來也！」

這聲音，傳自那大山的山腳下，喊聲如雷。嚇得三藏癡呆，獵戶發愣。

果然，五百年後，齊天大聖再次出場，氣派非凡！

十　唐三藏「收服」孫悟空的過程，不就是我們一路摸索「教養」孩子的隱喻嗎？但我該怎麼對你說，你就是我的〈緊箍咒〉啊！

孫猴子要登場了，女兒很興奮。

爸爸你繼續講、繼續講。女兒換了個側躺姿勢，把小被子拉上胸前，準備好好聽我講唐三藏「如何收服」孫悟空的這一段了。

小孩都喜歡孫悟空！喜歡他調皮搗蛋、喜歡他法力無邊、喜歡他一翻觔斗十萬八千里。甚至，喜歡他挑戰一些權威、破壞一些秩序。當然，更喜歡他一路打妖怪！

但他們會喜歡孫悟空「被管束」嗎？我自己是不喜歡被管束的。

但，我又是一個很懂得「識時務」的人，從小。這就逐漸養成我，外表看似溫和，內心實則充滿不屑的個性。我未必喜歡爭勝，但要讓我心服，也不容易。

這種矛盾始終跟著我，沒辦法啊！這不就是我們一生「性格上的宿命」嗎？還好，文學、閱讀填補了我這一塊的矛盾。我有一葉橫渡生命幽暗的小舟，在漫無邊際的想像世界，遊蕩。

我望著女兒，怔怔發呆。女兒催我了。爸爸你快講啊！

話說，唐三藏要跟獵戶劉伯欽道別之際，突然聽到山腳下，傳來「我師父來也！我師父來也！」的如雷喊叫，嚇了一跳。

鎮山太保告訴唐三藏，是那隻被壓在五行山下的神猴。他們往前一探究竟。果然，那山下石匣之間，壓著一隻猴子，露出頭、伸出手，身子卻壓在山裡，臉上有沙、鬢角生草。猴子見了唐三藏，喊著：師父，你怎麼此時纔來？來得好！來得好！救我出來，我保你上西天去也！唐三藏上前，孫悟空對他解釋，五百年前如何惹禍，如何被佛祖壓在此山，又如何有觀世音菩薩開示他，要幫助西行取經人，往西方拜佛，功成之後自有好處等等。

三藏一聽，那敢情好，正在發愁，一旦劉獵戶不跟他往前行了，誰來保護他呢，這時有隻猴子要服志願役，多好！

但，山，這，麼，大！

我誇張語氣，兩手攤開，好像五行山就在我的眼前似的。女兒好開心！繼續講，繼續講。

唐三藏要怎麼移山呢？孫悟空教他，山頂上，有張如來佛的金字壓帖，把它掀起，問題解決。三藏上山一看，是啊，山頂金光萬道，瑞氣千條，一塊四方巨石，貼有一封皮，上寫六個金字「唵、嘛、呢、叭、彌、吽」。三藏下跪，拜了幾拜，上前，把封皮輕輕撕下。

此時，一陣香風吹氣，把三藏手裡的壓帖颳到空中。空中且傳來聲響，負責監押孫悟空的天上神將，要回天庭交差了。

那猴子怎麼從壓了五百年的山腳爬出來呢？我問女兒。

女兒興奮地，從被窩裡跳出來，說「像這樣！」我把她抓回被窩。

孫悟空要唐三藏走遠一些。劉獵戶領著三藏，走了五七里遠。孫悟空喊著，再遠一些再遠一些。等站到更遠以後，一聲巨響，地裂山崩，孫猴子一身精光地，跪倒三藏面前，拜了四拜，「師父，我出來也！」

女兒拍手，叫好。孫悟空的世代，要上場了。

唐三藏要爲孫猴子取名。知道他已經法名叫悟空了，竟然跟悟淨、悟能巧合，都屬「悟」字輩！那怎麼辦呢？我女兒顯然還不懂，「命名」這檔事，是一種身分地位的象徵。誰，才可以爲誰命名呢？父母爲孩子，養寵物的爲寵物，大官爲竣工大橋等等等，不是嗎？命名，就是一種權力啊！

既然，你已經有名有姓了。那，好吧，師父我再爲你取一個混名吧！唐三藏說，你長得像小頭陀，叫你「行者」吧！

從此，這歷史上最知名的猴子，有幾個名字呢？美猴王、齊天大聖、孫悟空，還有，孫行者。

劉獵戶就此告別唐三藏，護送任務，交給孫悟空了。悟空的第一件差事，竟然也是碰見老虎。這隻老虎，被金箍棒一棒擊斃，讓唐三藏看得心驚膽跳。因爲劉獵戶還跟老虎纏鬥了半日，孫悟空卻一棒了事，這功夫豈不了得！

孫悟空打死老虎、卸下虎皮，把虎皮切成兩幅。一幅圍在腰間，在路旁拿了條葛藤當腰帶，遮了下體。另外一幅呢？等日後，找到人家借住，再裁成上衣。

以後，我們在電影、戲曲裡看到的孫悟空形象，大致都是一個樣：身著虎皮裝，金盔甲的齊天大聖！

你若好奇，爲何是虎皮裝，而非豹皮裝？問得好，也問得太無知！問得好，乃因中國不產獅子，卻華南華北都有老虎。打虎是英雄，穿虎皮裝，自然威風凜凜。

豹呢？固然也很威武，不然《水滸傳》裡八十萬禁軍教頭林沖，江湖爲何稱他「豹子頭林沖」呢？但一個男人，身穿豹紋服，你覺得像樣嗎？何況一隻猴子，穿豹紋，遞一張名片給你，欸，我姓孫，請指教！這，這像話嗎？

唐三藏看悟空輕鬆打虎，知道他本領高強。悟空順勢再向師父介紹他的金箍棒，可大可小，伸縮自如，愈講愈得意，還把翻江攪海的過往，誇張一遍，唬得師父既開心（有了好助手），又擔心（萬一不聽話呢）。

強將手下無弱兵，很好，但若這「兵」，愈來愈強，會不會愈發不把「將」看在眼裡呢？《西遊記》裡，這段情節的發展，很有意思。唐三藏一方面慶幸找到一位得力助手，另一方面，他也不斷暴露自己柔弱的文僧形象，怎麼駕馭得住這強悍的孫悟空呢？空有師徒之名，久了，會不會強弱畢現呢？

有人把《西遊記》當成中國政治的寓言故事來看，不是沒道理的。從孫悟空大鬧天宮，被鎮壓五行山下，再到不得不給他將功贖罪的機會，這都是中國古代朝廷，面對驕兵悍將、藩鎮割據、軍閥剽悍，很頭疼的老問題。空有君臣之名、空有長官部屬之名、空有師徒之名，常常都是沒用的。一旦，你被看穿手腳的話。

唐三藏與孫悟空的矛盾正是如此。他們師徒倆繼續西行，碰到一夥強盜，攔路搶劫。他們大吒一聲，那和尚，哪裡走！竟嚇得三藏跌下馬來！糗吧！在新收的徒弟面前。

那悟空隨即扶起師父，對他說放心，沒事，看我的。他拿出金箍棒三兩下，一夥六人，全部斃命。

唐三藏這時道貌岸然了，指責悟空不該隨意殺人。悟空爭辯，不殺強盜，強盜殺我們。三藏說：「我這出家人，寧死決不敢行兇；我就死，也只是一人，你卻殺了他六人，如何理說？」

這，這，這不是得了便宜還賣乖嗎？眼看你要被殺，救你，還被K！這年少氣盛的孫悟空怎麼受得了。與其被你一直唸一直唸，火大，乾脆不玩了。

孫悟空丟下一句氣話「你既是這等說我做不得和尚（說我不配的意思啦），上不得西天，不必恁般絮聒惡我（不必嘮嘮叨叨），我回去便了。」說著，便拋下唐三藏一人，不見了。

這下，和尚淒涼了。一個人，把行李掛在馬上，手持錫杖，牽著轠繩，淒涼前行。

走著走著，遇見一位老嫗，捧一件棉衣，棉衣上有一頂花帽。三藏上前行禮，兩人聊起來。三藏告訴她自己的遭遇，老人家安慰他，把衣帽交給他，還給了一篇咒兒〈定心眞言〉，又名〈緊箍咒〉。要他把衣帽讓孫悟空穿上，他若再不聽使喚，就唸它一遍〈緊箍咒〉，看他還敢不敢行兇，敢不敢不聽話！說完，那老太太化爲金光一道。

唐三藏知道，是觀世音菩薩來幫他了。

話說，那孫猴子呢？離開師父後，他去了水晶宮，探望海龍王。兩人聊起近況，悟空提及一氣之下，離開師父。龍王沒說什麼，但請奉茶招待。但，當孫悟空看到牆上一副「圯橋進履」的畫，好奇一問。

海龍王告訴他，那是秦朝末年，張良在圯橋上遇見黃石公，黃石公連續三次把鞋子掉在橋下，要張良幫他撿起來，張良完全沒有倨傲怠慢的表情，而後，黃石公看他孺子可教，便傳授他天書，讓他輔佐劉邦，建立漢朝。後來，張良功成身退，悟道成仙。

悟空聽著聽著，好像有所領悟。海龍王趁機勸他：「大聖，你若不保唐僧，不盡勤勞，不受教誨，到底是個妖仙，休想得成正果。」

悟空聽了，想想，我還是去保師父吧！

這段其實還滿感人的。可見，孫悟空並非沒有慧根。他也知道，自己野性十足，需要教化。但，年少輕狂，總是難以克制情緒。但，內心卻仍是渴望有朝一日，可以邁向成功。像不像，我們自己年少的某些心路歷程？像不像，我們的孩子，在人生的某些階段，外表酷酷，其實內心脆弱，令人火大又讓人心疼的樣子呢？

這猴子回頭去找師父了。路上巧遇來找他的觀世音菩薩。他向菩薩表明要回去保護師父。

悟空回到唐三藏身邊，兩人化解尷尬後，悟空要去替三藏化些齋飯吃，三藏要他拿出包袱裡的乾糧。悟空打開包袱拿出乾糧，一看，還有棉衣、花帽。

這三藏也滿賊的，只說棉衣、花帽都是他小時候穿戴的。悟空看了（我猜是想討好師父）便對三藏說，送我吧？

三藏點頭，悟空穿上棉衣、戴上花帽。三藏見他穿戴好了，便試試唸了一遍〈緊箍咒〉。

悟空立刻喊「頭痛！頭痛！」悟空抓破了花帽，頭上只剩一條金線兒模樣，緊緊勒在頭上，取不下，揪不斷，已是生下根了。

悟空一急，取出如針的金箍棒，插入箍裡想把它撬開。三藏一見，立刻再唸〈緊箍咒〉。悟空又痛得滿地打滾。終於，三藏明白，悟空也明白，發生什麼事了。

但，悟空總是心存僥倖。趁三藏不注意，又提起金箍棒，想要偷襲師父。三藏立刻再唸三遍〈緊箍咒〉，悟空又痛到求爺爺、告奶奶，連喊：「再也不敢再也不敢！」

終於，在如來佛與觀世音菩薩的聯手協助下，唐三藏找到了「對付」孫悟空的法寶。

像駕馭一匹野馬。像訓練一名新兵。像教養一個孩子。

誰說，《西遊記》不是一本成長小說呢？

我看著女兒，她不知何時，帶著笑容睡著了。小手，還抓住我的手掌，溫溫熱熱。

小寶貝，你的一顰一笑，才是爸爸的〈緊箍咒〉啊！

十一

為何唐三藏的西遊弟子，全是妖仙身分？

當孫悟空一路頂嘴一路碎唸時，為何三藏也會裝傻，置若罔聞？

各位，這其中，都是教養的學問啊！

《西遊記》裡，唐三藏一行，唯獨唐僧是人，其他全是「妖仙」。

妖仙，這兩個字，用得巧。非人、非鬼、非神、非仙，卻擁有魔法神力，當然只剩修煉百千年的妖精了。

但，此妖，非彼妖。要怎麼區隔跟著唐三藏往西方取經，卻一路要降魔伏妖，打怪合理的這幾隻妖精：孫悟空、白龍馬、豬八戒、沙悟淨呢？讓他們兼具「妖」「仙」的雙重身分，顯然有必要。

孫悟空，非人，是猴子成精，但也被玉帝封了官職弼馬溫，承認了他自封的「齊天大聖」，也算天上神仙的一員了。豬八戒，非人，曾是天蓬元帥，犯錯，貶下凡塵，誤投豬胎，半豬半仙。沙悟淨，非人，曾是捲簾大將，也犯錯，貶下人間。白龍馬最冤，是海龍王之子，官宦世家，只因縱火現行犯，燒了殿上明珠，要處死刑了，被觀世音搭救，乾脆讓他變作白馬，擔任唐三藏坐騎。

這些仙，被貶為妖，但他們神性仍在，一旦下決心將功贖罪，護主西遊，過關斬妖，還是能重返仙界，享受人間膜拜。這便是《西遊記》之所以賦予這幾隻「妖仙」雙重身分的原因。也隱含了，現實世界裡，我們成人，對「有點壞壞，但天賦不壞」的孩子們很糾結的寄望：只要我們不放棄，他們還是有希望的啊！

既然這些「神妖兼具」的妖仙，要扛起責任、證明自己，那他們當然要在唐三藏的西行起步階段裡，一一現身。

除了孫悟空，身為大弟子，也是《西遊記》真正的主角，應該首先登場外，其他的，該由誰接著上場？

你在猜之前，我給你線索。唐三藏出關之後，是騎馬的。

但《西遊記》兩度提到，唐三藏的坐騎，沒見過大場面，一是在劉獵戶之前，遇到老虎，坐騎嚇得腿軟，怎麼使喚都站不起來。二是，坐騎遇到剛從五行山下出來的孫悟空，嚇得腰軟蹄矬，立站不住。爲何？因爲孫悟空在天庭擔任弼馬溫，專責顧馬，馬兒見了他，先怕三分。

因而，唐三藏要萬里迢迢，去西方取經，固然陸續會有三大徒弟扶持他，但，坐騎撐不了場面，也是不行啊！

於是，很合理，當首席保鏢、第一弟子孫悟空出場後，安全已經無虞，法力、機智略遜一籌的豬八戒、沙悟淨，可以晚點出場，但，坐騎問題，要先解決。

孫悟空護著師父，來到一條山澗「鷹愁澗」，顧名思義，幽谷深邃，連盤旋其上的老鷹都望澗興嘆啊！師徒兩人，望著鷹愁澗發呆，霎時，鑽出一條龍，直撲三藏！孫悟空當下立卽反應，把師父抱下馬，逃過一劫。可憐那匹坐騎，連鞍轡在內，被那條龍一口吞下。

唐三藏這時，又在作者筆下，暴露出他的膽怯與囉哩囉唆的長輩性格。他先是聽說馬被吞了，擔心自己萬水千山，要怎麼走下去！接著，又因爲孫悟空要拋下自己，去找那條龍算帳，而憂慮萬一悟空不在，孽龍跑來害他怎麼辦？

搞得孫悟空一肚子火，「你忒不濟！不濟！又要馬騎，又不放我去，似這般看著行李，坐到老吧！」這徒弟，看來，是很不爽這師父「處事之風格」的啊！

像不像，我們年輕時，看不順眼我們父母親做事的方式？像不像，我們跟青春期的小孩談事情，他們總露出「哎呀你怎麼優柔寡斷想東想西呢」的表情？

還好，這時觀世音菩薩派來暗中保護取經者的神祇現身，要悟空不必擔心，他們會照顧三藏。

無後顧之憂，悟空於是在山澗高處，叫罵那條龍，罵得那龍忍不住，跳上空中，與孫悟空大戰多時，漸漸不能支撐，趁個瞬間，又竄入水裡。說也奇怪，這孫悟空七十二變，卻偏偏對潛入水裡的這條龍，沒轍？不是很奇怪嗎？

唐三藏知道孫悟空沒轍，竟調侃他：你不是說你能降龍伏虎嗎？今天怎麼沒轍？這徒弟已經不爽師父了，誰知，這師父還來言語刺激他？氣得這老孫，跑到澗邊，用翻江倒海的法力，把一整條徹底澄清的鷹愁澗，攪得像泛濫的黃河，逼得那孽龍在水底再也待不住，再度跳出水面。

然而，他確實不是孫悟空的對手，無奈又變成一條水蛇，鑽入草叢中，瞬間消失不見。這悟空沒法，又不想回去讓師父冷言冷語，便找了當地的山神、土地神，打探這條龍的來歷。兩位在地神祇告訴他，這是觀世音菩薩收服過的龍，留在這，是要等取經人經過，護衛西行。

既然知道了，解鈴還需繫鈴人，當然要請觀世音出面。問題不大，有長輩出面，雙方誤解冰釋。觀世音不愧是調人角色扮得好，既然你吞了人家的馬，不妨就變身成一匹馬，護送唐三藏西行吧！說完，觀世音拿出楊柳枝，在小龍身上拂了一拂，喝聲叫「變」！那龍隨即變身成原來那匹坐騎的樣子。

女兒聽到這，也隨即喊著「白龍馬、白龍馬」。是啊，我也是女兒的白龍馬。因爲，女兒會要我趴在地上，讓她騎上我背，吆喝著，出發，我們去西天取經。其實，多半是，夜裡，從她看電視的遊戲室，騎到她的臥房，準備睡覺啦！我是她的白龍馬，夜夜護送她，在溫馨的陪伴下，度過童年。

會撒嬌、會「司奶」(sai-nai，閩南語「撒嬌」之意)的，何嘗只有我女兒！孫悟空也會。收服了白龍馬後，他對觀世音抱怨，「西方路這等崎嶇，保這個凡僧，幾時得到？似這等多磨多折，老孫的性命也難全，如何成得什麼功果！我不去了！我不去了！」

這個「凡僧」？哈哈，背後說老闆壞話！私下嫌棄領導無能！孫悟空有沒有說出你的心裡話？

菩薩多厲害啊！什麼人、什麼場面沒見過！好吧，你既然撒嬌，要「司奶」，那我就好好安慰你吧！菩薩安慰孫悟空，你不要擔心，我會一路安排好，讓你們見招拆招、逢凶化吉的。你若眞不放心，那好，我再給你三件法寶。哪三件呢？菩薩從柳葉上，摘下三片葉子，放到孫悟空的腦後，喊聲「變」，變成三根救命的毫毛。一旦遇到眞的沒有任何辦法時，你就拔下來，應急！

菩薩掛保證，悟空這時才算安下心。

有時，適當的撒嬌、「司奶」，還是能交換到一些條件的，不是嗎？

孫悟空與唐三藏之間的師徒矛盾，是《西遊記》裡很有趣的賣點。孫悟空雖然「被騙」戴上了金箍匝，很是畏懼唐三藏唸咒折騰他。但，內心終究還是有野性，還是不服氣。一路上，他與唐三藏的師徒矛盾，將是許多逢凶化吉的過關打怪情節中，最引人矚目的部分。

我們且先看看，當孫悟空牽著那匹孽龍變身的白龍馬，回到唐三藏身邊。這三藏一見大喜，「徒弟，這馬怎麼比前反肥盛了些？在何處尋著的？」

這徒弟回得妙，「師父，你還做夢哩！卻纔是金頭揭諦請了菩薩來，把那澗裡龍化作我們的白馬。」

你看，公然諷刺師父，眼力太差，此馬非彼馬！

還沒完哦，唐三藏一聽菩薩來了，「菩薩何在？待我去拜謝他。」悟空應該翻了白眼，「菩薩此時已到南海，不耐煩矣。」早走啦，哪還在等你啊！

這時，師父一看，白龍馬沒有鞍轡，怎麼騎？不如去找找看，有沒有渡船可搭？孫悟空又翻白眼了。「這個師父，好不知時務！這個曠野山中，船從何來？這匹馬，他在此久住，必知水勢，就騎著他做個船兒過去罷。」

你若是師父唐三藏，看著你徒弟孫悟空一直嗆你，你會怎樣？沒錯啊，唐三藏知道自己手裡握有專剋孫悟空這隻刁蠻猴子的法寶：〈緊箍咒〉，但，想想看，你若是他，你會有事沒事，就唸它一段〈緊箍咒〉，讓孫悟空閉嘴、乖乖聽話嗎？

如果你會，那你慘了（不管你是男是女，通用），你的下場必然是子不孝、妻外遇、夫叛逃、屬下訐譙、客戶跑光光！

爲什麼？因爲，致命武器不能這樣玩啊！玩多了，玩膩了，連你都煩！何況，你要應付的對手！

觀世音菩薩給唐三藏這個關鍵剋制孫悟空的〈緊箍咒〉，他的本意很清楚。當孫悟空對菩薩抱怨，〈緊箍咒〉給了唐三藏，擺明是在害他老孫時，菩薩說了：「你這猴子，你不遵教令，不受正果。若不如此拘係你，你又誑上欺天，知甚好歹！須是得這個魔頭，你纔肯入我瑜伽之門路哩！」

孫悟空聽完，竟是這樣回答菩薩：「這樁事，作做（就算）是我的魔頭吧！」這裡的「魔頭」可不是眞的妖魔鬼怪，而是指專門剋制某種心念偏執的罩門武器。比方說，你的太座是你的魔頭！你的女兒，是你的魔頭！你的小三，噢不，他的小三是他的魔頭！這樣你懂了嗎？

當孫悟空也知道，自己的野性，需要有人提點、協助，以幫助他向上奮進，走出畜牲道，晉階人道的層級時，就像我們的孩子，其實也知道你是爲他好，才囉哩叭唆一大堆時，你需要的，不是再繼續囉唆，不是再拿出〈緊箍咒〉去威嚇他！而是按捺住情緒，動之以情、待之以溫柔，讓他慢慢知道，你，是深深愛他、疼他的，不是嗎？

唐三藏顯然是這樣想的。所以，當孫悟空不免對他的溫吞、對他的嘮叨，不時頂嘴、不時碎碎唸時，他倒也沉住氣，不再說話。

是啊，做爲師父的，不要那麼沒氣度。小孩子碎碎唸，由他去吧！

反正，你知道，你手上有致命法寶，〈緊箍咒〉。

是嗎？女兒，我怎麼覺得你媽咪有，而我沒有呢！

十二

小孩子都很喜歡豬八戒，奇怪嗎？

也許，正因為他直接了當地表明「我雖白目但我很享樂至上啊！」

小孩子都對豬八戒「很感興趣」。孫悟空是英雄，調皮搗蛋，但功夫高強。小朋友喜歡，但喜歡悟空的成分，多半是把他當偶像來崇拜。對豬八戒的喜歡，則大異其趣，沒多少人視八戒爲英雄，卻有很多人，愛他的「八戒本色」。

本色，並不完全指他的好色本能，而是，他更爲直接地把人的本性裡「趨吉避害」、「享樂至上」的傾向，發揮得很徹底，而且，華人社會，誰不愛吃？以吃見長的八戒，自然是華人心底的口腔滿足的潛意識。

況且，他又真真不是一個壞人，關鍵時刻，也會挺身而出。唯有如此，才會博得大眾的喜愛吧！大家覺得唯有豬八戒最像自己，當然，不是他的長相，而是他呈現的人性特質。

我記得，第一次跟女兒講豬八戒的登場，女兒是很開心的。尤其是，孫悟空智鬥豬八戒，喬裝美女、戲弄豬哥八戒那一段，女兒一直笑啊一直笑！我還來回講了好幾遍。我多懷念那時女兒聽完這一段，被媽媽催著要睡覺時，還會皺起鼻子，發出「嗷嗷」的聲響，可愛極了。

豬八戒再次出現，是在高老庄，已經到了烏斯藏的國界地。高家三個女兒，最小的翠蘭，未嫁，但被一個妖精霸占了，還整整霸占了三年。

都三年了，生米煮成熟飯，幹嘛還不認帳呢？《西遊記》透過高老庄的下人嘴裡說出原因：「我家太公說，女兒招了妖精，不是長法；一則敗壞家門，二則沒個親家往來。」

看到沒？古代婚姻，從來就不是個人主義下的婚姻，道道地地，是「家庭之間」的聯姻。嫁不對人、娶不對人，都是一家之恥！是家族的面子問題！

妖精，難以見人，當然敗壞家門。妖精，非我族類，與妖精聯姻，何來親族的往來？家族的擴大？

高家太公，當然不爽！四處延攬法師，要拿住那妖怪。但「前前後後請了有三、四個人，都是不濟的和尚、膿包的道士，降不得那妖精。」可見，騙吃騙喝的和尚、道士，比比皆是。《西遊記》作者還是會借題發揮，罵罵人的。

碰巧，高老庄的僕人，遇見孫悟空了。悟空要他回去稟告，這任務交給他。

高太公經歷幾次和尚道士的訛詐，一聽說又是和尚，本來不感興趣，但又聽說是東土來的聖僧，要去西天取經，便說了句名言：「卽是遠來的和尚，怕不眞有些手段。」遠來的和尚會唸經！我們東土人士，本來是拿這句話，調侃西域印度來的番和尚，不料，人同此心，西域人也同樣把東土遠來的和尚，當成高手看待！

記住了吧！近廟欺神，過於親近，狎侮滋生，保持距離，維持神祕感，還是千古不變的道理啊！難怪，青春期女兒，不喜歡貼近老爸了！近廟欺神啊！何況，我家小廟，廟主還不是我！

但高太公第一眼看到孫悟空，印象很不好。他罵小廝，家裡有個醜頭怪腦的女婿，已經打發不了，怎麼又引個雷公（形容猴子很醜）來害他。

孫悟空教訓他，空有年紀卻不懂事，以貌取人。被罵了，高太公只好讓孫悟空試試。

高太公交待了來龍去脈。三年前，來了個漢子，模樣倒也精緻，姓豬，上無父母下無兄弟，願意來做個女婿。高太公見他無羈無絆，就招了他（顯然入贅）。剛開始還不錯，耕田耙地，不用牛具；收割田禾，不用刀杖。昏去明來，其實也好，只是一件，有些會變嘴臉。

怎麼個變嘴臉呢？「初來時，是一條黑胖漢，後來就變成一個長嘴大耳朵的獃子。」（女兒笑了，笑點好低，真單純。）

「腦後又有一溜鬃毛，身體纍糙怕人，頭臉就像個豬的模樣。」（女兒又笑了。）

「食腸卻又甚大，一頓要吃三五斗米飯；早間點心，也得百十個燒餅才夠。喜得還吃齋素，若再吃鍕酒，便是老拙這些家業田產之類，不上半年，就吃個罄淨。」（女兒那時當然不懂什麼齋素，但一聽三五斗米飯，百十個燒餅，可樂了。那陣子，我逗她吃飯，就說學豬八戒，她便會大口吞菜飯。）

唐三藏說了句公道話：「只因他做得，所以吃得。」，他能做這麼多事，吃這麼多，也合理啊！

高太公接著繼續抱怨。「吃還是件小事，他如今又會弄風，雲來霧去，走石飛沙，諕得我一家並左右鄰舍，俱不得安生。又把那翠蘭小女關在後宅子裡，一發半年也不曾見面，更不知死活如何。」

說著說著，顯然哀戚。

孫悟空答應他，幫他除妖。說完，便帶著高太公到後邊宅子裡，破門而入。只見那小女兒翠蘭，虛弱無力。從她口中，知道這陣子，那妖怪天明就去，入夜方來。雲雲霧霧，往回不知何所。

悟空讓高太公帶回女兒，自己搖身一變，變成那女子的模樣，獨自坐在房裡等那妖精。

女兒聽到孫悟空變成那女子，立刻嘻嘻哈哈。繼續講，爸爸繼續講。

我學著孫悟空，閉眼，突出食指中指，口中唸唸有詞：「我變我變我變變變！」

夜裡，一陣風吹過。呼呼呼呼，果然妖怪回來了。長得眞醜，黑臉、短毛、長嘴、大耳，穿一領青不青、藍不藍的梭布直裰，繫一條花布手巾，反正就是很矬的樣子（衣著不甚有品味）。

孫悟空暗笑：「原來是這個買賣！」（輕蔑味，不過是這等貨色啊！）

孫悟空，噢，已經變身成小姐翠蘭了，也不去迎他，也不打招呼，就逕自睡在床上，裝病，嘴裡發出嗯嗯阿阿的呻吟。

那妖怪不識眞假，走進房，一把抱著悟空，噢不，那女子翠蘭，就要親！（我努起嘴，做態要親女兒，女兒推開我的臉，繼續講啦，爸爸！繼續講。）

那悟空，心頭一笑，「眞個要來弄老孫哩！」他便使個拿法，托著那妖怪的嘴，假裝要親，卻虛晃一招，讓那色瞇瞇的妖怪，一撲空，順勢，摔下床去。（女兒拍手叫好，哈哈哈！）

那妖怪爬起身，自我解嘲，「姊姊，你怎麼今日有些怪我？想是我來得遲了。」

那悟空，噢，那翠蘭，搖頭說，不怪，不怪，不怪。

妖怪說，不怪，幹嘛摔我一下？

我望著女兒，女兒笑了。好像，我就是豬八戒！

孫悟空嬌聲說，人家我今天不舒服嘛！我平常不是都開了門在等你嗎？你就脫了衣服上來睡覺唄！

那妖怪眞的聽了話，脫光衣服，上床一摸！咦，人呢？那瞬間，悟空已經跳到淨桶（馬桶）上。

妖怪摸不到人，喊著，姊姊，你在哪裡啊？悟空說，你先睡，我上個廁所就來！妖怪上了床，等著。

悟空這時嘆口氣。妖怪說，怎麼了，唉聲嘆氣的？我到你家，也不曾白吃你們的。替你們家做了那麼多的事，如今，你身上穿的錦、戴的金，哪樣不是我給的？一年四季，有花果觀玩；一年八節，有蔬菜烹煎，你還有什麼不滿意的呢？

(看到沒？女人爲何老愛罵男人「你豬八戒哦！」只因，豬八戒說得好，女人怎麼老是不滿足呢？我只是借題發揮，沒別的意思哦！我「最不豬八戒啦！」)

這時，孫悟空借用了高太公的話，來教訓那妖精。女性哀怨：我父母罵我，與你做了夫妻，全沒禮體。長得醜陋嘴臉，見不得親戚朋友，又不知你的來歷，玷辱門風。

妖精不知道，這是孫悟空探他的底，竟老實說了：「我家住福陵山雲棧洞。我以相貌爲姓，故姓豬，官名叫做豬剛鬣。」

孫悟空心中暗笑，眞好騙。但他故意再試探。可是，我父母找了法師來抓你呢！

妖精一派輕鬆，怕什麼，我有天罡數的變化，九齒的釘鈀，怕什麼？就算請了九天蕩魔祖師下界，我也有交情，怕什麼？

孫悟空再試。聽說請了齊天大聖呢？

妖精確實嚇了一跳。既然如此，那我們兩口子做不成了。說完要走。孫悟空說哪裡走？一把抓住妖精，一手把自己臉一抹，變回齊天大聖樣子。妖精化身一變，脫身而去。孫悟空舉起金箍棒，往那陣風打去。那妖怪，化成萬道火光，往他自己的妖洞飛去。

悟空隨後追趕。只見那妖精入洞，取出一柄九齒釘鈀，正面迎來。悟空好奇，你怎麼知道我老孫名號？這時，妖精說唱了一段（這是明清時代，說書話本的體裁使然），說他本是天蓬元帥，專管天河水師（管海軍啦），只因喝醉，戲弄了嫦娥（酒品不好，酒醉毛手毛腳），被貶下凡，又投錯豬胎。

兩人接著大打出手，從二更天，打到東方發白，足足打了六小時之久（可見豬八戒功夫不差）！妖怪還是不敵，逃進山洞。

悟空回到高老庄，數落了一頓高太公。認爲人家妖精也不算壞，天神下界，替高家做牛做馬，對女兒也不錯，幹嘛嫌人家！

但高太公堅持妖怪女婿，不妥。唐三藏又要孫悟空好事做到底。悟空於是再去挑戰妖精。妖精拿出九齒釘鈀，悟空笑他，幹嘛老拿把菜園種菜的傢伙？妖精生氣了，說這可不是凡間之物，是神水鐵，經過太上老君的鑄造，玉帝封他爲天蓬元帥，欽賜給他當武器。

孫悟空一聽，這釘鈀竟有這番來頭，那不妨試試，你拿它，「築我一下」（刺我一下）。嘿嘿，完全沒事。反而震得妖精，手麻腳軟。

妖精問他，你大聖好端端的，沒事跑到這偏僻高老庄，管閒事幹嘛？孫悟空提及跟唐三藏西行取經，路過此地。

妖怪一聽，丟了釘鈀，說我就是在等西行取經的師父啊！悟空疑惑，起疑。

妖怪跪在地上發誓：「阿彌陀佛，南無佛。我若不是眞心，還叫我犯了天條，劈屍萬段。」

悟空於是帶他回去拜見唐三藏。這就是唐三藏西行收的第二個徒弟，豬八戒。但，法名沙悟能，是觀世音菩薩命名的，三藏只能接受。

於是，唐三藏爲斷了五葷三厭的二徒弟，取了別名，叫八戒，戒五葷戒三厭，謂之八戒。從此，世間有了豬八戒。

我發出「嗷嗷」的豬啼聲，要親親女兒。女兒跳下床，跌跌撞撞，往媽媽那裡跑去。

你走開啦，豬八戒。你走開啦，豬八戒。

這世界，多美好！

十三

沙悟淨是個奇怪的角色安排。有他，還好；沒他，也行！但他任勞任怨地，扛起了隊伍裡「板凳球員」的角色！

唐三藏西遊團隊，最後登場的，是沙悟淨。我女兒喜歡叫他，沙和尚。

沙悟淨無疑是《西遊記》裡很奇怪的角色。大徒弟孫悟空，是歷史名角。單獨成氣候，美猴王有自己的故事。二徒弟豬八戒，雖然技不如大師兄，不過扮相特殊，好吃成性，不時愛跟孫悟空抬槓，也惹人憐愛。

唯獨，這沙悟淨，奇怪咧？好像可有可無。

但，爲何偏偏要他呢？大學者陳寅恪曾毫不留情地批評，沙悟淨是非常不成功的角色。

若從《西遊記》的故事來看，沒有他，西行完全不會有「大問題」。若從角色功能來看，孫悟空負責解決難題，一路打怪；豬八戒挑行李，有時協助孫悟空對付妖魔，且插科打諢，挑撥離間，有他在場，西行之路，不會太單調。

但，沙悟淨呢？他沉默少言，負責照料白龍馬的飲食。像總裁坐車的後勤維護，不能說不重要，但顯然是幕後工作人員。小說裡，總不能再三描述沙悟淨怎麼餵食，怎麼洗馬，怎麼幫馬刷毛吧！這樣寫，誰要看啊！

沙悟淨在投靠唐三藏之前，亦殺人不眨眼，他脖子上掛的九顆骷髏項鍊，都是他殺死的西行渡河的取經人，證明他是凶神惡煞。

但，卻怪了，他一旦跟隨唐三藏之後，竟變得循規蹈矩、任勞任怨！幾乎沒了火氣！在師父跟前，他聽話、不頂嘴（跟孫悟空相反）。在大師兄面前，他也不挑戰權威，一心遵從，但必須不違背師父的意思（很乖）。在二師兄那，他並不隨之起舞，反而常常在兩位師兄爭執之際，試圖扮演和事佬。而且，必定有酒食先生饌，不像豬八戒會餓到忘記師父。

西行路上，沒錯，有他，並不起眼。然而，沒有他呢？嗯，也不至於有多大的麻煩，頂多是豬八戒再多做一點照顧白龍馬的工作吧！

那，爲何要有他呢？這有趣。

我認爲，要從小說寫作的策略來看，或許能看出一些道理。一個師父，一個徒弟。兩人同行，可以，但會無趣很多。一個師父，兩個徒弟呢？也可以，三人行，還是可以形成多數決。不過，師父要跳進來，跟兩位徒弟一塊商議決策，有失體面。師父維持中立，兩個徒弟意見不合時，容易僵局，又很麻煩。

那，一個師父，三個徒弟呢？有趣的組合開始了。

三個人，必定有多數。師父最大，弟子三人行必有多數決，遇到困難，解決的機制，變得清楚。師父雖然最大，可是一旦弟子三人全反對，師父也難獨斷；把師父的意思，交給弟子三人去議決，形成多數，答案就可行了。

你若問，那爲何不是四人、五人呢？很簡單，如果四人，情況跟兩人一樣，易成僵局。

如果五人，請問，跟三人差別有多大？沒什麼差別吧！反而更複雜。

好，所以你就明白了，爲何作者要組一個三人團隊，追隨唐三藏西行。因爲，三人組，最接近團隊完美的組合。

於是，你也可以理解，爲何小虎隊、SHE，甚至，以前的星星月亮太陽，這些花美男、美少女組合，都喜歡三人行了。

有沒有注意到，一旦三人行，總有一個角色，最尷尬，卡在中間，不如其他兩個極端鮮明？對不對？沒錯，那就是，沙悟淨的尷尬了。

所以，眞的不能怪他，不是他不想凸顯自己，而是老孫太強勢、老豬又太自我，那他，該擺在哪個位置上呢？

所以啊，大學者陳寅恪說得對，沙悟淨這角色很失敗。然而，我們的人生不也如此，我們總有扮演不突出、不強烈、不明顯之角色的時候，不是嗎？難道，那樣的我們，就沒有存活的價值，沒有自己角色的意義嗎？不會吧！

好的，了解這道理，我就可以跟你繼續講《西遊記》，講關於沙悟淨的加入西行團隊那一段了。

唐僧師徒三衆，過了黃風嶺，往西進，歷夏經秋，見了些寒蟬鳴敗柳（看看這詞用得多好！你不說半年過去，而是說歷夏經秋，景色已經是寒蟬敗柳了）。只見一道大水狂瀾，渾波湧浪。孫悟空跳入空中，一瞧，赫，足足有八百里之廣。

豬八戒問，師兄你怎麼知道八百里？孫悟空顯然得意，說他火眼金睛，白日裡看得出千里路上的吉凶。孫悟空觔斗雲一翻，豈止八百里，但唐僧與八戒、白龍馬可不成啊！非要渡船不可！

他們三人在河邊四處找，卻看到一塊石碑，刻著「流沙河」。碑上還有四行字，「八百流沙界，三千弱水深。鵝毛飄不起，蘆花定底沉。」

這河水詭異啊，連鵝毛都要沉下去，何其凶險！難怪連渡船都沒有！這時，趁他們師徒不注意，一個妖精突然從河中竄出，掛著九顆骷髏項鏈，手持寶杖面目崢嶸，孫悟空忙護著師父，豬八戒挺身而出，鬥那妖精。雙方在流沙河岸，你來我往，鬥戰二十回合不分勝負。

這時，孫悟空沉不住氣了，插手助陣，一棒打得那妖精慌忙躲入流沙河裡。八戒可生氣了，誰叫你插手了？再來個三五回合，我就擒住他了，你看，你一插手，他反倒跑了！

孫悟空陪笑說，啊我就手癢嘛！誰知道那妖精太遜啦！

說完，兩人笑嘻嘻，回到師父身邊。

這時，孫悟空不小心，透露了他的「小罩門」。也是齊天大聖，法力高強下，力有未逮的弱項，哪一項呢？

豬八戒要師兄下水捉妖。悟空則坦白：「水裡勾當老孫不大十分熟。若論賭手段，憑你在高山雲裡，幹什麼蹊蹺異樣事兒，老孫都會；只是水裡的買賣，有些兒狼犺（笨拙，笨重的意思）。」

這八戒則不免得意啦。「老豬當年總督天河，掌管八萬水兵大衆，倒學得知些水性。」

但，嘿嘿，他瞻前顧後的本性來了。

「卻只怕那水裡有什麼眷族老小，七窩八代的都來，我就弄他不過。一時被他撈去，卻怎麼好？」說了半天，不就是不敢一個人下水捉妖嗎！

孫悟空只好角色分工，截長補短。你八戒不怕水，先下去與妖精交戰，「不要戀戰，許敗不許勝，把他引將出來，等老孫下手助你。」

豬八戒說聲好，便「剝了青錦直裰，脫了鞋，雙手舞鈀，分開水路」，直奔那水底了。

（有沒有發現啊，女兒，原來豬八戒下水也要脫衣脫鞋呢！是光著屁股嗎？）小說是不是露餡了？妖怪入水、神仙下海，穿不穿衣服呢？上來衣服會濕答答嗎？（問這，你會不會翻白眼！）

話說豬八戒闖進水底，跟妖怪再度纏鬥。八戒問他，你到底是個什麼妖精，在這裡攔路作怪？這妖精說，你不認得我？我可不是妖魔鬼怪，也不是沒名沒姓的 nobody 啊！我是玉帝加陞的捲簾大將，只因失手打破了玉玻璃，被貶下凡塵。你有眼不識泰山，對我這麼沒禮貌，小心我捉住你，把你剁了當鮓醬。
八戒火了，你說我有眼不識泰山，你卻連我老豬也不認識！兩人繼續再戰。鬥了兩個時辰，不分勝負。
但八戒記得悟空交待，要假裝不敵。於是，虛晃一招，逃回水面。妖精不傻，一看悟空在岸上，立刻又鑽回水底。
師徒三人無奈。
豬八戒倒是想了一個凡人都會想的方案，爲何不乾脆把師父背著跳過河去？
孫悟空解釋了箇中關鍵。「師父要窮歷異邦，不能夠超脫苦海，所以寸步難行者也。我和你只做得個擁護，保得他身在命在，替不得這些苦惱，也取不得經來；就是有能先去見了佛，那佛也不肯把經傳與你我。正叫作『若將容易得，便作等閑看』。」
說得豬八戒鴉雀無言。太有道理了。
唐三藏必須一步一腳印，到西方取經啊！如果，又搭飛機、又坐高鐵、再換郵輪，那豈不叫做聖地之旅，「容易得，等閑看」了嗎？

師徒無奈，決定第三度再戰妖怪。八戒下水，與妖怪戰得難分難解。他又詐敗，但妖怪學乖了，怎麼都不肯離開水底。

事不過三，妖怪學精了，硬是不上岸直球對決。懂水性的八戒，又水底贏不了他，悟空在岸上徒然心急。

怎麼辦？悟空說，去找南海觀世音菩薩吧！當初是觀世音來找師父去取經，而放我出來，協助取經的，也是觀世音。如今，卡關在這流沙河，不找觀世音出面，那西行取經就結束啦！

悟空這一招，真不錯，直指問題核心，找對關鍵人物。

觀世音問孫悟空，有告訴對方，是西行取經的團隊嗎？悟空說，沒有。觀世音說你這猴子，又逞自滿，沒先說出保唐僧西行取經的任務嗎？

悟空搖搖頭。

觀世音這才告訴他，妖怪是捲簾大將出身，聽了菩薩的勸化，要加入保護西行取經的團隊。於是，觀世音交待徒弟惠岸，帶了一個紅葫蘆，到流沙河上，喊叫「悟淨」之名（通關密語），他自會出來。

但，妖怪可收，渡河怎辦呢？觀世音也想好辦法了。

沙悟淨身上的九顆骷髏，串在一起，按九宮布列（書法習字本的九宮格概念），再把葫蘆安在當中，就是一艘法船了，能渡唐三藏過流沙河。

接著，後面的劇情，就照觀世音菩薩指點的腳本，順利走完。只是，援用前例，既然這妖怪，是以河為姓，再加上菩薩取的法名，叫沙悟淨，唐三藏看他舉止言談，真像一個和尚的家風，遂再取一個別名「沙和尚」（看到沒，沒有命名的權力，不行啊）。

橫渡流沙河的團隊，一行人，畫面幾乎便是日後民間流行的《西遊記》官方網站的版本：唐三藏居中，左有八戒扶持、右有悟淨捧托，孫行者在後，牽了龍馬，半雲半霧相跟。新加入的沙悟淨，也將展開他，特色不鮮明，卻非得有他的第三人角色的西行人生。

虛構中的沙悟淨，其實有所本。玄奘在橫渡沙漠時，曾經缺水瀕臨死亡。意識模糊之際，突然被一個身形巨大的神魔嚇醒，遂鼓起精神，繼續前行，終而找到水源獲救。這巨大神祇，便是沙悟淨角色的由來。

而所謂的流沙河，有人認爲確有其河，但更多意見是，那是大戈壁的變形，流沙遍地，一望無際，恍如大海。

十四

在西行取經的路上，是打怪降魔難？還是克服心魔難？

to be or not to be，你說呢？

人生路上，是「威脅」難克服，還是「誘惑」難抵擋呢？「To be or not to be, that is the question」！

威脅，具恫嚇力，像面目猙獰的巨漢，持刀逼迫，你多半可能屈服。然而，也可能反效果，會激起反抗意志，全力反撲！誘惑，具滲透力，如帥哥獻媚，似美女多情，不知不覺你就溫水煮青蛙，怎麼淪陷的，都不知道！

因而，胡蘿蔔與棒子，威脅與誘惑，雙管齊下，通常是有權力者，對被征服者一貫的伎倆。

唐三藏一行人，西行取經。如來佛寄予這麼高期望，觀世音被託付是否有「識人之明」的重任，他們當然不敢掉以輕心。一路上，安排暗中保護的神祇一路相隨，同時，也賦予他們監督、回報的任務。爲了避免凸槌，甚至，有時候，菩薩們還得親自去臨時抽考，看看這支「雜牌軍」是否夠格，撐得過長路漫漫的西行之旅！

收了最後一名徒弟沙悟淨之後，一行人繼續西行。餐風露宿、攀山渡河，好不辛苦。

某個天色已暗的夜裡，師父與徒弟們有段有趣的對話。

師父說，該找個地方安歇吧？孫悟空又調侃師父了，「師父說話差了，出家人餐風宿水、臥月眠霜、隨處是家。又問那裡安歇，何也？」

豬八戒馬上回嘴，師兄你自己走得輕鬆，怎麼會知道別人很累呢？師父很累啊，是該找個人家，化些茶飯，養養精神！

悟空嘲笑他，你八戒還在眷戀高老庄的日子啊，「既是秉正沙門，須是要吃辛受苦，纔做得徒弟哩！」

師兄教訓得好。但師弟並不讓步。

「哥哥，你看這擔行李多重？」「偏你跟師父做徒弟，拿我做長工。」（女兒，長工這二字，以後你會常常聽到，因爲你老爸我，就是你的長工，你媽咪的長工。）

孫悟空這時，再次把師兄弟的任務分派，重申一遍。「老孫只管師父好歹，你與沙僧專管行李、馬匹。但若怠慢了些兒，孤拐上先是一頓粗棍。」我顧師父安危，你們兩個管行李馬匹，再囉嗦，扁你哦！（女兒一聽扁你，笑開了！）

八戒連忙說，不要動不動說打啊，那是以力欺人。我又沒說要你師兄挑行李，但師父騎的馬，還可以再帶上幾件行李啊！

這時，悟空告訴兩位師弟，關於白龍馬的來歷。師弟們嘖嘖稱奇，但好奇，既然龍馬出身，爲何老是慢吞吞？

這悟空的調皮本性來了。你們想看白龍馬的本事嗎？我show給你們看。說著，便舉起金箍棒，往馬屁股揮去。白龍馬一驚，立刻揚起四隻蹄，渦輪引擎轟轟作響，瞬間扭力壓到最大，疾如飛電，揚長而去。

那唐三藏完全操控不住，只能隨牠，奔上山崖，才喘息始定。徒弟們隨後趕到。最不進入狀況的沙悟淨問，師父不曾跌下馬來？（哪壺不開提哪壺！）

唐三藏罵人了，「悟空這潑猴！他把馬兒驚了，早是我還騎得住哩。」

孫悟空隨即陪笑，都是八戒啦，嫌馬走得慢，我才刺激刺激牠啊！

這師徒倆，是不是「師徒情結」啊？

終於，唐三藏看到前面有座莊園，建議今晚去借宿。孫悟空火眼金睛一瞧，這莊園慶雲籠罩、瑞靄遮盈，必定是佛仙點化。但，他不可以洩漏天機，就隨師父的意思進去吧！

這是莫姓大戶人家，可惜，長輩雙亡，丈夫也走了，只剩下寡母，帶著三個女兒，守住龐大的祖產。

兩方人馬坐定，閒聊之後，竟然對方暗示，你師徒四人，我家女子四位，不如，攀個親家吧！話題來得突兀，誰敢搭腔啊！

難怪三藏，推聾裝啞，寂然不答。

那婦人又把家產交待詳細，水田旱田山場各數百頃，黃牛水牛千餘隻，騾馬成群、豬羊無數，還要庄堡草場，六、七十處，家藏米穀八、九年用不著，綾羅綢緞十年穿不著，金銀更是一生用不完，如果肯被招贅，何必往西勞碌命呢？

三藏仍然無言。

這時，婦人介紹了她與她的三個女兒。她四十五歲；大女兒真真，二十歲；次女愛愛，十八歲；小女憐憐，十六歲。個個都俱姿色，可讀書能識字。

三藏坐在那，好像「雷驚的孩子，雨淋的蛤蟆，只是呆呆掙掙（發呆發愣），翻白眼兒打仰（仰臉向上看）。」

但八戒沉不住氣了。一似針戳屁股，左扭右扭地忍耐不住。他上前扯了師父一把，師父你好歹給人家個回覆嘛！幹嘛佯佯不睬？

唐三藏正愁不知怎麼開口呢，八戒這一不知好歹，給了機會讓他大爆發。

唐僧痛罵八戒，「你這個業畜！我們是個出家人，豈以富貴動心、美色留意，成得個什麼道理！」

唐三藏開口，教訓徒弟也是教訓對方。

婦人毫不讓步，跟唐三藏論辯起「出家人」好，還是「在家人」好。婦人說，在家人好，富貴榮華、錦衣玉食、家人歡聚，強過行腳禮彌陀。三藏回辯說，出家人好，摒棄塵世、拋卻煩惱、最後明心見性返故鄉，強過在家貪血食，老來墜落臭皮囊。

婦人被激怒了，痛罵三藏不近人情。倘若三藏永不還俗，那至少也讓出一個徒弟，入贅當女婿啊！三藏看看悟空，就你吧？悟空答：「我從小不曉得幹那般事。教八戒在這裡吧。」（原來始終是童子雞，噢不，「童子猴」。）

豬哥八戒怎麼回應呢？「哥啊，不要栽人麼。大家從長計較。」（可見豬哥心頭還是挺想要的！只是嘴巴上，還是要講幹話。數百年後，這句話的通說是「我們再研究研究」。）

三藏看悟淨，不然你留下吧？悟淨說得乾脆，「寧死也要往西天去，決不幹此欺心之事。」

那婦人看他們你推我我推你的，氣到了，把門一關，茶飯全無，看你們怎麼辦！豬八戒慌了。他抱怨師父怎麼不敷衍一下，好歹先哄他個齋飯吃，今晚落得一宵的快活，明天肯不肯再說嘛！

你看，是不是很活在當下的豬八戒！

悟淨勸他，「二哥，你在他家做個女婿吧。」可這八戒真賊，他回「兄弟，不要栽人。從長計較。」嘿，愛吃還要假正經。

悟空說，還計較什麼，你入贅了，我們也落得好處，豈不兩全其美？

八戒還裝蒜，話是這麼說沒錯，但我豈不是脫俗又還俗，停娶再娶妻了。

沙悟淨恍然大悟，噢，二哥娶過親啊！

悟空把來龍去脈講一遍，還調侃八戒動了凡心。

豬八戒惱羞成怒，說「大家都有此心，常言道『和尚是色中惡鬼』，哪個不是如此？都這般扭扭捏捏地拿班兒（裝腔作勢），把好事都弄裂了。」說完氣噗噗地，要去放馬了，解了轡繩，牽馬出去。

孫悟空還是挺了解這師弟的，隨即變成紅蜻蜓，一路尾隨。果然八戒有鬼。明明有草的地方，他不讓馬吃草，反而牽馬轉到後門去。那婦人與三個女兒在那觀賞菊花，看到八戒，女兒們閃開。

婦人問，你來幹嘛？八戒嘴甜，「娘，我來放馬的。」（夠噁心吧！我猜孫悟空一定這樣想。）

婦人批評唐僧。八戒解釋，有唐王旨意，不敢違逆。他們都在推我入贅，但我擔心娘你嫌我嘴長耳大。（嘴長耳大？爲何不直接說醜？）

那婦人夠狠，我是不嫌啦，但怕的是小女兒嫌（指桑罵槐）！

八戒還眞想的咧！他說，娘，你跟令嬡講，不要這等揀漢（挑男人）。想我那唐僧，人才雖俊，其實不中用。我醜歸醜，但很會做家事的。

婦人想想，也好，總比一個女婿都落不到好。

婦人要八戒去跟師父商量。

八戒竟然說：不用商量，他又不是我的生身父母，幹與不幹，都在於我。

婦人點頭，進屋內了。

八戒渾然不知，悟空已經把事情經過全告訴師父了。只見那婦人，領著三個女兒出來。

一副好事將成的模樣。

八戒還想假裝，悟空嘲笑他，娘都叫了幾遍，還要計較什麼？八戒才知自己尷尬了。

雙方走了一遍成婚的儀式，婦人領著女婿八戒進後屋。繞了老半天，才走進內堂房屋。

八戒好奇，到底哪個女兒許配給他？丈母娘說，不好決定啊！許這個，怕那個不高興。許那個，又怕這個不爽。八戒竟然豬哥徹底，那不妨三個一起嫁吧！（他真的很敢耶！）

丈母娘想了一招，那你蒙上臉，讓我女兒從你跟前走過，你扯到誰，誰就嫁你（《唐伯虎點秋香》裡的橋段）。八戒樂了，捉迷藏啊？好啊！誰怕誰啊！

他只聽到眾位女子的聲音，便東撲一下，西撈一把，都撲空，還撞得滿頭包，頭昏眼花。玩到累了，他氣喘吁吁，坐在地上，抱怨女孩們乖滑（狡猾）。

丈母娘安慰他，不是狡猾，是她們都在推讓。

八戒竟沒大沒小的，說既然她們都不肯，那就娘你招了我吧！

婦人逗他，沒大沒小的。

這樣吧，我叫她們各自結了一件珍珠嵌錦汗衫兒，你若穿得下哪件，哪個女兒便招你做女婿！

你看，連台灣酒店裡玩的花樣，八戒都愛玩哦！是不是很豬哥！

愈玩愈興奮，八戒脫下衣服，嚷著要穿上三個女孩的汗衫，照單全收。那婦人進屋內，只拿了一件，遞給八戒，八戒一穿上，還未繫上帶子，就跌倒地上，原來，幾條繩索已緊緊捆住八戒。而婦人與女孩早已不見了。

隔天大清早，三藏師徒醒來，發覺都睡在松柏林中，大廈高堂不見，雕梁畫棟不見！悟淨喊見鬼了，唯有悟空知道，是菩薩顯靈了。

古柏樹上，掛著一張簡帖，上面寫著：「黎山老母不思凡，南海菩薩請下山。普賢文殊皆是客，化成美女在林間。」原來都是菩薩化身，來抽考唐僧師徒。

聖僧沒問題，過關；孫悟空，沙悟淨，也過關；唯有八戒，無禪更有凡。留隊察看。

妖怪威脅不好解決，還是魔由心生不易對付呢？這是千古以來，人所面對的難題。外在的挑戰、內在的陰暗，每個人都有自己迎戰外在時，先要理解的內在虛實。難怪，西方諺語：人的性格，決定命運。但，人的性格，不能隨著歲月、經歷，而逐步地修正嗎？如果不能，那豈非白活一場呢？

我唸著《西遊記》，看著女兒圓滾滾的大眼珠，眞想親她一下。這世界，還有好長、好寬的風景，等她去探險呢！

十五

孫悟空必然要與唐三藏起大衝突的！不然，無以看出師徒矛盾，兩代落差，無以顯示悟空還有很大的成長空間！但他看起來比唐僧誠懇多了！（上）

古靈精怪，不受控的孫悟空，如同一名青春期的孩子，叛逆，對世界有自己漸漸形成的價值觀。

若非頭上套了緊箍匝，他未必能那麼服貼唐三藏的管控。

但，他也明白，協助唐三藏西行取經成功，是他個人生涯更上層樓的指標。他可從畜牲道，晉階到人道，更進而可以上升至神仙道的境界，那是至高的榮耀了。他若放棄，豈不可惜！

困惑啊，可是，這不就是「人生的困惑」嗎？

你知道是一回事，你怎麼做，又是另一回事。

就像女兒啊，我每次看你悶悶不講話，我能理解，你心頭可能有什麼不爽的事，你只是不說；但也可能，你也說不上什麼不爽的原因，你就是一肚子悶而已！

我是過來人，所以我總是默默在一旁，不惹你。

你不會不明白，我們有多愛你。如同，我處於你這樣青春期的時候，我何嘗不知道奶奶爺爺有多愛我，但我總是有一股奇怪的火氣，時不時，就爆一下。

有時，看到爺爺奶奶似乎忍住心頭的無奈，轉身離開時，我也會不忍，想說聲對不起，往往卻在那一瞬，又忍住，算了，再說吧！

我現在回頭，想起我當年跟你講《西遊記》時，你還小，我還沒經歷你的青春期，總以爲，你永遠像個在我身上攀上爬下要我抱抱的小女孩，會略過青春期之火氣的！

但事實上，怎麼可能呢？

就像孫悟空，終究要與他的師父唐三藏起衝突，高分貝互嗆，爆出「聖僧恨逐美猴王」那一段。

人與人之間的信賴，沒有天生注定的。即便親人之間，也多的是親子嫌隙、兄弟鬩牆、姊妹恩怨。

何況，是外在關係的師徒之間呢？

「屍魔三戲唐三藏」的橋段，很有趣。因爲，屍魔顯然看穿了唐三藏與孫悟空的師徒關係，存在著凡人與妖仙的矛盾。

唐三藏是凡人，雖然被賦予西行取經的神聖任務，但他無法洞悉西行路上，所遭遇的妖魔鬼怪，會以怎樣的形象或伎倆，來誘惑、挑戰他。他只能以凡人的眼睛，看待事物。

孫悟空呢？則不然。

他有火眼金睛，可看透千里之外、路上的吉凶，能看穿妖精在變什麼戲法。

然而，他的師父只是凡人，肉眼所及，不過是一般的人情世故，那能預見吉凶，預判事態的發展呢？

就注定了，師徒兩人，必然存在的矛盾。

我是師，你是徒，你要聽我的。

但，我雖是徒，可是我看到的，比你這師父，更遠、更深、更前瞻，那可怎麼辦？

我跟師父你說實話，你不喜歡，硬說我冒犯。

而我，不說實話呢？有虧職守，非我這大徒弟所當爲！

偏偏，做師父的，又握有對付孫猴子的法寶〈緊箍咒〉，你不聽話，你再三頂嘴，爲師的我，就唸唸唸，〈緊箍咒〉唸到你投降求饒爲止！

像不像，青春期的孩子，與父母之間，微妙的關係呢？

唐三藏一行，一關過一關。某日，來到一座大山。

師父喊餓，要徒弟去化齋。

這悟空又頂嘴了，師父你好不聰明，這前不巴村，後不著店的山裡，有錢也買不到食物啊，去哪化緣？

唐三藏八成餓昏了，血糖低，火氣大。像每個父母一樣，教訓孩子，老提往事：你這死猴子啊，想當初你被壓在五行山下，要不是我，放你出來，收你做徒弟，你還在山下日曬雨淋的！現在叫你去化個齋，你竟還嘀嘀咕咕的！

悟空無奈，只得去找食物了。

這座山，果然「山高必有怪，嶺峻卻生精」。這山裡的妖精，在悟空離去後，看到了唐三藏，認出他，知道吃他的肉，可以長壽，便想去抓他。

可是，一看，唐三藏身旁有兩名隨扈，摸不清有無能耐，便想試他一試！先變成個月貌花容的女子，左手提著青砂罐，右手拿著綠瓷瓶，婀娜多姿地走來。

八戒一看，心花開。妖精更樂了，原來你看不出我是妖精！

八戒領著女孩見師父，師父問問她的來歷，當然更看不出她是妖精。

聊著聊著，眼看八戒就要動手吃妖精送上的食物了。

就在此時，悟空帶著山上摘下的桃子回來，一看，是妖精，動手便打。師父制止，悟空說是妖精，師父不信，悟空一急，竟說莫非師父見她美色，心有所動？

師父一聽，面紅耳赤，不知所措。

悟空趁機棒打妖精，妖精使了一招「解屍法」，留下一具假屍首，眞身卻逃走了。

師父正要生氣，悟空趕忙把妖精帶來的罐子打開，裡面何來米飯、麵筋？全是長蛆、癩蛤蟆之類。

唐三藏有點相信了，但八戒卻插嘴，這恐怕是大師兄你變的戲法吧！

三藏聽了，信心動搖，罵了悟空一頓，要趕他走。悟空跪地求情，三藏留隊察看。

這是屍魔一戲唐三藏。

這妖精接著再來二戲唐三藏。

他搖身再變，變成八十老婦。一步一哭地，走來。

八戒一看，喊著，師父不好，剛才那女兒的娘，來找人了。

悟空憑常識判斷，怎麼可能。剛才女子十八上下，這老婦八十來歲，有六十多還生孩子的？又不是二十一世紀的生殖醫學，其中一定有鬼。

他仔細看，果然是妖。舉棒便打。

那妖精再使用老招，脫身而去，再留個假屍首。

這時，唐三藏火了，一話不說，唸起〈緊箍咒〉，足足唸了二十遍，可憐孫悟空躺在地上打滾，苦苦哀求。

唐三藏再度趕他走，他卻要求若被趕走，先把那個緊箍匝卸下。但唐三藏只會唸〈緊箍咒〉，卻沒有「鬆箍咒」，悟空求情，既然沒有鬆箍咒，就算離開，天涯海角也是受控，乾脆留在師父身邊吧！

這是悟空第二度留隊察看。

但，妖精何等精明啊！

先後兩次，搞得你師徒矛盾，且從小美女，到老婦人先後出馬。第三次，非搞得你們師徒分手不可！

於是，來了，來了，投唐僧這迂腐的和尚所好，妖精變身成老公公，沿路念珠掐在手，口誦南無經，唐僧遠遠看到，心生歡喜。

八戒趁機加碼，師父，糟了，那老公公來找他女兒、老婆啦。

悟空一聽，上前查看，真是妖精！

怎麼辦呢？

悟空面臨 to be or not to be 的掙扎。

不打妖怪嘛？妖怪必作怪。打妖怪嘛？搞不好師父又見怪。

可是，當下悟空心念一轉，不打死他，待會作起怪來，我還是要花費心思去救師父，倒不如先打死他，再跟師父解釋、討饒，頂多再被師父罵一頓，唸唸〈緊箍咒〉而已。

當下揮棒一擊，這次，可把屍魔給擊斃了。

唐三藏已經氣得口不能言，不料八戒再次添油加醋：好個孫行者啊！真威風，只走了半天的路，就打死了三個人啊！

唐三藏正要唸咒，悟空上前指著一堆骷髏，給師父看。

師父才驚訝怎麼死一下子，就成骷髏了！

悟空說，師父你看，他是「白骨夫人」。

這時，八戒再踹一腳，師父，他是怕你唸咒，故意變這花樣，掩你的眼呢！

唐僧耳朵軟，聽了八戒的話，立刻唸咒，痛得悟空滿地打轉。

唐僧決心趕他走。悟空感嘆，師父錯怪，明明是妖精偏偏不信，卻信那豬八戒讒言冷語。事不過三，我，我，還是走了吧！

但，悟空望著師父，我走了之後，你手下無人啊？

師父發怒，就你潑猴是人，那悟能、悟淨，就不是人？

悟空一聽，把自己看得不如兩個能力不如他的師弟，心眞的受傷了。無奈，狠心走吧！

他跟師父說，既然鳥盡弓藏、兔死狗烹，那師徒緣分就此打住。不過，師父手上有〈緊箍咒〉，到了八戒、悟淨救不了你的危機時刻，搞不好又要唸咒找我，是不是可以請師父你乾脆寫一紙貶書，註明我們師徒就此無關！

唐三藏愈聽愈怒，當即揮筆寫下，再不要你做徒弟了，如再與你相見，「我就墮了阿鼻地獄」。

悟空就此拜別唐僧。

但這師父也有意思，賭氣吧！竟回身不睬，不讓悟空拜別。

悟空拔了三根毫毛，變了三個行者，連他四個，四面圍住唐三藏，跪地一拜。唐僧莫可奈何，接受拜別。

臨去前，悟空特別對沙悟淨交待：「你是個好人，只要留心防著八戒譫言譫語（胡言亂語），途中萬一有妖精拿住師父，你就說老孫是他大徒弟，西方毛怪，聞我的手段，不敢傷我師父。」

唐僧卻說，我是個好和尚，不提你這歹人的名字，你走吧！

孫悟空看看唐三藏沒有回心轉意之念，只得沒奈何地，回返他的老巢，花果山去了。

《西遊記》在這裡，安排了一個橋段。

孫悟空回山之後，發現花草俱無、烟霞盡絕；峰巖倒塌、林樹焦枯。原來他鬧了天宮，被二郎神捉去之後，二郎神放火燒山。

如果說，《西遊記》還有與中國古代政治相關連的寓言性，那各位讀到這，會不會眼熟？項羽火燒阿房宮、董卓火燒洛陽城，不都是朝代興替、政敵對抗時，常玩的把戲？只因他們都相信，野火燒不盡，春風吹又生！

二郎神燒過花果山之後，猴群四分五裂，禍不單行，山下的獵戶們還經常上山獵猴，捉牠們不是當食物，便是活捉了，教牠們耍猴戲、做表演。

孫悟空愈聽愈氣，召集剩下的猴群，在山上堆起數十座石堆，嚴陣以待。

不久，見山下上千人馬，浩浩蕩蕩殺上山來，大聖口中唸唸有詞，作起法來。只見一陣狂風，橫掃石堆、捲起碎石，把那千餘人馬，統統砸死。

大聖再叫那些猴群，剝下死去獵戶的衣服，洗乾淨了遮寒；死人的屍首，丟棄萬丈深潭；死掉的馬匹，則剝了皮，做靴子穿，馬肉則醃製，慢慢食用；再整理好那些弓箭鎗刀，分配猴群，操演武藝。

大聖還特別製作一面旗子，上面寫著：「重修花果山，復整水簾洞。齊天大聖。」豎起竿子，把旗掛在洞外，逐日招魔聚獸、積草屯糧，絕口不提「和尚」二字。

看起來，似乎孫悟空「獸性」大爆發！

可是，在殺戮結束後，孫悟空且說了段頗堪玩味的話：造化！造化！自從歸順唐僧，做了和尚，他每每勸我，「千日行善，善猶不足，一日行惡，惡自有餘。」眞有此話。我跟著他，打殺幾個妖精，他就怪我行兇。今日來家，卻結果了這許多性命。

言下之意，又不無愧對師父教誨的感覺！

我覺得這段安排，寫得好。

不僅爲日後孫悟空的歸隊，留下伏筆，也爲他，在魔性與人性之間的掙扎，添了幾筆困惑、感傷、喟嘆的餘地。孫猴子畢竟還是好人啊。（未完，待續）

十六

孫悟空必然要與唐三藏起大衝突的！不然，無以看出師徒矛盾，兩代落差，無以顯示悟空還有很大的成長空間！但為什麼總是委屈孩子？（下）

唐三藏趕走孫悟空，可曾後悔過？從《西遊記》的敘述來看，沒有。倒是，孫悟空幾度流露出「師父你留我，徒弟就不走」的意思。

但，奈何啊！師父還是比較像鐵了心、要教訓孩子的父母，孩子不認錯，硬不收回成命！悟空被趕走後，唐三藏繼續西行，遇到黃袍怪時，他也僅僅說他帶著兩個徒弟西行取經，完全不提悟空。而八戒、沙悟淨在與黃袍怪第一次對陣時，也忘了孫悟空離去時的交待：遇到妖怪務必報上齊天大聖的名號。

可見，離開團隊的孫悟空，徹底「被遺忘了」！

即便，唐三藏被黃袍怪擄獲，關在洞內，對自己生死未卜感到憂慮之際，他心頭想到的徒弟，仍然是悟能、是悟淨，而非確實能爲他排憂解難的孫悟空！

這是怎麼回事？難道，長輩對聽話的孩子，會遠比有實力卻叛逆的孩子，來得更需要嗎？答案，看來是這樣的。孫悟空從大鬧天庭，到壓在五行山下，等待唐僧西行，營救他出山，一路協助完成取經任務。有沒有注意到，他基本上，從來不是個循規蹈矩的猴子！如果，不是抱著「再給他一個機會」的前提，如果不是要他協助唐僧完成取經渡化東上的任務，這隻死猴子，眞有可能被壓在五行山下，永世不得超生！

所以，關鍵問題在哪，看出來了嗎？

在「能」與「德」之間，傳統中國社會，是偏重「德」的，君子要兩者兼備，小人則往往被貶抑成有能而無德。

爲什麼會這樣？這又有一番連結了。德，會跟忠、孝連在一起。你必須忠於君、忠於師、忠於國；你必須孝於父母、孝於家族。忠與孝，表現在外在行爲上，就是聽話、遵守教誨、不忤逆。做到這些，就是德。

而能呢？是一種能力、才華。如果沒有德的約束，頂多是小聰明，不足以擔當大任。在亂世時，甚至可能成爲一代梟雄。三國時代的曹操，不就被評價爲「治世之能臣，亂世之奸臣」嗎？

有能而無德，寧可不用！有德而無能，至少不怕他叛亂，不怕他不聽話！

了解這，也就可以理解《西遊記》與中國古代政治的寓言性了。

唐三藏眼裡的孫悟空，冥頑不靈，是因爲他不聽話，愛跟師父頂嘴抬槓。儘管他能打怪、降妖，還可以隨時化齋，但那都是做爲徒弟的基本義務，不值得誇耀。

反而是，當師父要你做這做那時，你不抱怨不頂嘴。有功有勞時，一切榮耀歸給師父，而非洋洋自得。

顯然，孫悟空是不及格的。但黃袍怪是豬八戒、沙悟淨兩人聯手，也對付不了的妖怪啊！怎麼辦？

最終，還是白龍馬出主意，勸豬八戒去找孫悟空，勸他歸隊，解救師父。這豬八戒再笨，也知道自己過去見縫插針、挑撥離間的是非，怎麼敢去找孫悟空呢？

白龍馬看到問題關鍵。他說：「孫悟空是有仁有義的猴王。你見了他，且莫說師父有難，只說『師父想你哩』，把他哄將出來。到此處，見這樣個情節，他必然不忿，斷乎要與那妖精比拚，管情拿得那妖精，救得我師父。」

白龍馬平日雖負責坐騎角色，不言不語，但旁觀者清，他很清楚孫猴子是有感情的，師父想他，他就會感激以報；而同時，孫猴子又是個義憤塡膺的人，看到師父師弟被妖精逼迫，必然挺身而出，跟妖精拚命！

很奇怪哦，眞的很奇怪。我那學齡前的女兒，聽到孫悟空會爲想念他的師父，會爲被欺負的師父去拚命，竟然就會手舞足蹈，很開心！

這應該是小孩子的單純天性吧！不管大人平日怎麼對他，他總把親人當成最親密的人！難怪，我曾經看過一則新聞，令人感慨：社福單位到家裡，帶走一個被單親爸爸虐待的小孩，但小孩死命抓住父親不肯放手！

豬八戒找到孫悟空，少不得要被調皮搗蛋的孫悟空作弄一頓。但他一開始，還眞是沒法說服孫悟空。他說師父想念大師兄，悟空不信。八戒只好添油加醋，把師父遇難之事，講得天花亂墜。還知道悟空爭強好勝，更增添一段妖精瞧不起齊天大聖名號的橋段，氣得孫悟空說，我是去降服那妖精的，降服完事，我即回來水簾洞。

中計了！

這不正是豬八戒的目的！

反正你下了山，去對付妖精，救了師父，解決問題最重要。其他的，見面三分情，以後再說。

這孫猴子是不是太像小孩子了？感情用事，容易激動，但也單純得可愛。

孫悟空打黃袍怪這一回，其實還有段依我看，滿殘忍的段落。

黃袍怪十三年前，擄走寶象國第三公主，生了兩個小孩。是公主暗中救了被關的唐僧，唐僧逃出後，再到寶象國告知公主被擄的往事。接連引發出，黃袍怪變身至寶象國，殺戮宮廷的事件。

孫悟空到了黃袍怪的洞穴，搶走兩個小孩，要以他們爲餌，誘騙黃袍怪現身。

公主原來是護衛她的兩個兒子的，但孫悟空教訓她，孝是百行之原、萬善之本，你堂堂公主怎麼陪伴妖精多年，不思念父母，就是不孝！

公主辯駁，是被妖精強行擄走，被關押在此，路遠山遙，又沒手機又沒電話，音信全無，怎麼聯絡？

悟空告訴她，因爲她曾暗中放過唐僧，所以會救她出去，回到寶象國，但必須她能割捨這段與妖精的孽緣。

公主保證她能！

這段之所以引起我注意，是：那兩個孩子怎麼辦？如果是你，從女性的角度看，該怎麼辦？搶擄的婚姻，不會是幸福婚姻，這可以理解。但兩個孩子，陪伴母親十餘年，該不該帶走？該不該死？這難道不是一個「可以掙扎」的問題嗎？

但，寶象國公主完全沒有任何猶豫！孫悟空也像在講兩隻雞鴨似地，完全不當回事！

於是，就那樣，在寶象國的宮殿之上，讓八戒、悟淨把兩個孩子從高空中拋下，當場「摜做個肉餅相似，鮮血迸流，骨骸粉碎。」

這段我是沒法跟小孩子說的，所以我故意略過。我女兒怎麼能理解，小孩子犯什麼錯，要被這樣殘忍對待呢？孫悟空爲何不把公主與妖精生的孩子當「孩子」？公主爲何不把自己與妖精生的兒子當「孩子」？

這可能有兩種解釋：一，是妖精與人，處於兩種世界，不可能也不可以有交界地帶。但問題是，如果防範不及，有了交界地帶呢？這人與妖的世界，在眞實世界純屬虛構，可是，換個文化、民族的角度來看，不就是「非我族類，其心必異」的隔閡？然而就算這麼劃分，別忘了，人類歷史上，仍舊發生很多異族相愛，繁衍混血的故事啊！這該怎麼解？

二，非兩情相悅結合下，生出的子嗣，到底有沒有活下去的權利？這問題在當前社會，尤其敏感。女權運動後，女人贏回身體自主權，墮胎合法化。不過，新的話題，還是引爆，那孩子呢？如果，應該存活，那又該誰來照顧？孩子顯然是無辜的。在文明的二十一世紀，我們依舊看到動盪地區，種族清洗，軍隊集體強暴異族或不同信仰的村落婦女，造成許多孤兒問題！

這類的話題，雖然沉重，不過，卻不是沒有意義的問題。《西遊記》既然是往西取經，又穿梭於異族文化、不同信仰的差異之中，勢必也要不斷地處理類似的議題。只可惜，寶象國公主與黃袍怪生下的「半人半妖」的孩子，沒有得到最認眞的討論，便被摜得粉身碎骨！

這或許，也傳遞了一定程度，民間主流文化，逃避「混血／雜種」(hybrid) 的思索。

這黃袍怪功夫了得。八戒、悟淨兩人聯手，對付不了他。孫悟空出手，也只能跟他打個平分秋色。你道這妖精是什麼出身？

他是天上二十八宿星之一的奎星，下界十三年，爲的是，在天庭裡，披香殿中擔任侍香的玉女，與他有段私情，便雙雙思凡下界。

玉帝最終原諒他（畢竟自己人嘛），貶他去太上老君那負責燒火，帶俸差操（就是有薪俸啦）。

看來，公主回到父母身邊繼續當公主，奎星回到天庭戴罪立功。唯有兩個小孩，莫名其妙來到世間，再莫名其妙，消失於世間！

而唐僧師徒再次相逢呢？怎麼化解尷尬？靠的是沙悟淨跪下來請求悟空出手搭救。

悟空扶起悟淨，說我豈有安心不救之理？

是啊，孫悟空從來就沒有想離開師父的意思啊！他只是叛逆，只是耍嘴皮子，只是某種程度地想要師父你（做父母的你、做主管的你）多給一些關愛的眼神而已啊！

他畢竟，也只是個孩子而已啊！

這對注定吵吵鬧鬧的師徒，化解尷尬的第一句對白是：「賢徒，虧了你也！虧了你也！這一去，早詣西方，徑回東土，奏唐王，你的功勞第一。」師父有沒有一點官腔官調？

老孫的回答：「莫說，莫說。但不念那話兒，足感愛厚之情也。」

是不是，徒弟有感情多了！

小孩子還是天眞可愛啊，比起老傢伙！

十七

原來金角銀角，最厲害的法寶，跟我女兒一樣啊！只要一點名，我喊有，我就天涯海角無所逃地，被吸過去了！

重讀《西遊記》，我是心窩暖暖的。因為這本書，畢竟是我跟女兒，曾經共擁的一段歲月。當時，她小，喜歡聽故事，有事沒事，窩在我身邊，要聽故事。當時，我初任高齡奶爸，人生閱歷豐富，編起故事鋪天蓋地，隨手取用，常常唬得小女生瞪大眼睛，滿臉驚奇。那真是歲月靜好，我心滿足。但我知道，歲月不會靜止不動的。

好像很多小孩，讀過《西遊記》的，無人不識金角大王、銀角大王！女兒對他們倆，印象深刻。這兩個妖精，坐擁從太上老君那偷來的法寶，因而並不把孫悟空放在眼裡。在交手纏鬥的過程中，孫悟空也不免吃了苦頭。他被壓在三座大山下的橋段，我女兒愛死了，不但重複聽，甚至，開心時，還要我演孫悟空，她扮演一座大山，狠狠地壓在我背上。（其實是要我背她！）

這金角、銀角兩大山王，之所以橫行霸道，在唐僧師徒往西行的路上，占了好些篇幅，乃因他們有五件寶貝：紫金紅葫蘆、羊脂玉淨瓶、七星劍、芭蕉扇、幌金繩。

金角大王，又稱老魔，持有羊脂玉淨瓶，但銀角大王（二魔）卻擁有三件寶貝，紫金紅葫蘆、七星劍與芭蕉扇。那條幌金繩，則在他們的母親那。

金角大王是山寨主，但銀角大王卻點子多、法寶多，母親被供養在不遠處的壓龍洞裡頤養天年。

這三妖，兄弟和睦，侍奉母親滿盡孝道的。如果不是他們兄弟倆，覬覦唐僧的肉，是不至於落到母親殞命，舅舅也賠上一條老命的。

這五件寶貝，最厲害的，無疑是紫金紅葫蘆與羊脂玉淨瓶。爲何？這兩項寶貝，一旦瓶底朝天，開口朝地，喊你的名姓，你若回應了，立即被吸入瓶內，隨即貼上「太上老君急急如律令奉敕」的帖兒，你就一時三刻化爲膿了。

厲害吧！我誇張地對女兒說，要藉機親她一親。女兒閃過我的嘴，跳開身，喊著：爸爸、爸爸。

我說幹嘛？她說，你被吸進瓶子了，你被吸進瓶子了。我當然得假裝演一下。倒在地上。爸爸演這麼大！你也就明白，爲何我女兒對金角銀角兩大妖怪，印象如此之深了！因爲，她只要喊她老爸，她老爸沒有不回應的。哪怕一時三刻，化爲一攤膿水！她老爸，能閃躲嗎？

細心讀者會疑惑：怎麼妖精還有天庭大老、太上老君的律令呢？這就像，嗯，像黑道大哥，竟然有警政署長給他的拘捕令一樣，不覺哪裡怪怪？

故事最後，金角銀角被孫悟空騙進紫金紅葫蘆裡，正要給他溶解時，太上老君出現，要悟空手下留情。

警政署長爲黑道大哥求情了。爲何？原來啊，也曾是自己人！太上老君不是專司煉丹嗎？他老人家，怎麼可能沒日沒夜守在爐子旁，是吧？這金角銀角，是替他守金爐銀爐的兩位童子。趁太上老君「不注意」，偷了五個寶貝，下界稱霸一方來了。

我爲何用「不注意」這三字？太上老君沒這麼講，但他也沒不這麼講。我在玩文字遊戲嗎？不是我玩，根本是太上老君在玩。

我們且看他老傢伙怎麼說的呢：「葫蘆是我盛丹的，淨瓶是我盛水的，寶劍是我煉魔的，扇子是我搧火的，繩子是我一根勒袍的帶。」

你們看看，這怎麼回事？這幾樣寶貝，全是太上老君的吃飯傢伙，他在幹嘛？竟可以被守爐的童子，一一偷走！最扯的是，葫蘆淨瓶寶劍扇子，你還勉強可以解釋，總不免會擱下它們，稍稍離手休息一下，不小心被趁空盜走。

可是，那條勒袍的帶子呢？「勒袍」的意思，再直接不過了，像現在的束帶或皮帶，束緊衣褲用的。請問，怎麼會被兩個童子偷走？難不成你太上老君昏睡不醒，還是，偷偷去泡澡泡湯，被兩位童子抽了皮帶逃走了？那褲子怎麼穿、怎麼綁？這老傢伙何以言辭閃爍？因爲他顯然心虛嘛。

齊天大聖跟我一樣，一眼看穿這老傢伙有隱情，於是諷刺地說了：「你這老官兒，著實無理，縱放家屬爲邪，該問個鈐屬不嚴的罪名。」鈐屬不嚴，是管理屬下不嚴的意思。

但太上老君又急著解釋，不干他的事，是海上菩薩給他借了金角銀角，「送他在此，托化妖魔，試你師徒可有眞心往西方去也。」

太上老君有實問實答嗎？沒有。他根本是你問東來他答西。答非所問也便罷了，還扯出海上菩薩這一號神仙！

齊天大聖聽了，心中作念到，「這菩薩也老大憊懶（老糊塗了）！當時解脫老孫，教保唐僧西去取經，我說路途艱澀難行，他曾許我到急難處親來相救，如今反使精邪掯害（迫害），語言不的（說話不算話），該他一世無夫（一輩子沒惱公）！」

最後這一句，最好笑。菩薩本無夫，人家神仙啊！但悟空這麼說，十足凸顯他孩子氣的心態。

最終，孫悟空把五件寶貝都交出去了。太上老君從瓶中釋出金角銀角，用手一指，仍化爲昔日的金銀童子，隨他而去了。（太上老君還是沒交待，兩個童子怎麼偷他的腰帶？）

我先講了五個寶貝的由來，金角銀角兩大妖怪的來歷，再回頭看孫悟空與他們的鬥法，各位可以試著理解，《西遊記》裡，西行路上，不斷出現的妖魔鬼怪，可粗分兩大類：一類，是與天庭多少有關聯的妖怪，他們或者做錯事，被貶下界，或偷偷私自下界，淪爲妖精；二類，是靠多年修煉成精的妖魔，他們自修成家，獨霸一方。

與天庭有關的妖精，最後，還是在種種機緣下，被帶回天庭，將功贖罪。而與天庭無關的妖精，大多數命運，是死無葬身之地！可見，《西遊記》裡，對妖精群組，依舊露出「系出名門」或「野雞學校」的偏見。

不過，至少在金角銀角大王這一段，我始終有困惑。如果，金角銀角是太上老君的守爐童子出身，那爲何他們會有「母親」？且，母親還是一隻狐仙？這狐仙，顯然家族不小，因爲，孫悟空除了打死這狐仙母親，也還打死狐仙母親的弟弟，狐阿七大王。可是，金角銀角並非「系出狐門」啊！這是不是頗有不合邏輯的漏洞？

但，小女孩聽故事，哪裡會要聽你告訴她，這角色不對，那情節不合理呢？我女兒只是專心聽著，那銀角大王，變成一個老頭，騙過了唐僧，讓唐僧命令悟空背著假裝受傷的他往前走。而沿途上，兩人鬥法，銀角大王叫來一座須彌山，從天而降。悟空藝高「猴」膽大，不怕，用左肩扛起。銀角大王再叫來一座峨眉山，悟空仍舊不怕，用右肩頂起。猴子神勇，銀角大王嚇到了，但並未嚇到不知所措，他再叫了一座泰山，劈頭壓住悟空。三座大山，終於壓得孫悟空三尸神咋，七竅噴紅，撐不住了。（年輕猴子，畢竟好勇鬥狠，逞意氣，上當了！）

我女兒皺起眉頭，孫悟空怎麼可以輸呢？但她不擔心，她知道孫悟空是齊天大聖，最終會解決困難的。我向她點點頭，指指我的肩膀，她轉換愁顏，立馬爬上我的背，喊著：壓，壓，壓。

女兒是我心頭一座山。女兒是我人生一座山。

金角銀角大王攔阻唐僧師徒這一段，之所以好看，乃悟空與金角銀角的鬥法，十分精寀。也是悟空大鬧天宮之後，又一次，在凡間對抗盜自天庭的法寶。

但這一回，悟空有進化。他智取紫金紅葫蘆、羊脂玉淨瓶那一節，凡愛聽故事的，一定愛極了。這兩項法寶，可厲害，它點名你回應，你就被關進去。但悟空哄妖怪，把人裝進去，算什麼！能把天裝進去，才叫眞厲害！

妖怪傻傻，不知道有「大衛變魔術」這種欺瞞把戲。悟空懂得先上天庭，跟老戰友攀交情，讓哪吒爲他出力，「把那日月星辰閉了，對面不見人，捉白不見黑，哄那怪道，只說裝了天，以助行者成功。」

天是玉帝管轄範圍，遮它一遮，掩人耳目，會很難嗎？何況，玉皇大帝早就領教過孫悟空有事沒事鬧天宮的麻煩，何必不幫他忙，自找苦吃呢？

於是，一瞬間，孫悟空拔出一根毫毛，變作一個葫蘆，嘴裡胡亂唸咒（女兒亂愛我胡亂唸咒的），嘰哩呱啦嘰哩呱啦，往天空一拋，變變變，霎時，烏雲密布、日月無光，嚇得兩個小妖，驚慌失措。

嚇得夠了，孫悟空再唸咒語，提醒哪吒，可以了，你可以收工了。於是，烏雲漸退，陽光露臉，小妖完全被唬得一愣一愣！於是，傻傻地，把手中的紫金紅葫蘆與羊脂玉淨瓶，拿出來，跟孫悟空糊弄他們的假葫蘆交換。這是兩方對陣，重要的轉折點。

之後，才是金角銀角的母親手中幌金繩被悟空騙走斃命、銀角與悟空廝殺、金角與悟空對壘等等接連登場的武打戲碼。

作者也在這幾回裡，玩了一段嘲諷傳統儒家「必也正名乎」的文字遊戲。紫金紅葫蘆、羊脂玉淨瓶，都是「他點名，你應和，就上當」的把戲，但，如果你換名字呢？孫行者，不行，眞名回應，進去。那，改成者行孫呢？假名，可以，但你不能回應，一回應，管你眞名假名，統統進去。

老孫搞懂了，再以行者孫之名，挑戰銀角。這回，老孫用的是他盜取的眞葫蘆，而銀角不知他手中的葫蘆已被調包！老孫再哄騙他，說自己手中的是「雄葫蘆」，比銀角那「雌葫蘆」更猛！銀角不信，連喊八九聲行者孫行者孫，悟空每一次都回應，卻沒事沒事。驚得銀角還眞相信：「天哪！只說世情不改變哩！這樣個寶貝也怕老公。雌見了雄，就不敢裝了。」（好笑吧！）

想當然耳，悟空用他盜取的眞瓶，一骨碌，便把銀角給裝進去了。那之後呢？

西遊故事當然還沒完。一路打怪的遭遇，還要陪伴我跟女兒好一段美好時光。

但我女兒會知道，她點她老爸的名，永遠有效。她老媽點她老爸的名，永遠好用。

十八

哈姆雷特為了報父王被殺被篡位之仇，付出了代價；
但烏雞國太子，卻在孫悟空幫助下，輕鬆報仇，還復活了父王！
一個是深度悲劇，一個則像荒謬劇！

我們習慣說中西不同。但事實上，人性皆同。貪婪、嫉妒、憎恨、竊喜，有何不同呢？不同的，應該是相異的文化背景，導致解讀人性的角度不同。

例如，《西遊記》裡，烏雞國國王被妖精篡位那一段。我總想到莎士比亞的《哈姆雷特》。但《哈姆雷特》發展出令後人多重反思的深度，而烏雞國這一段，卻似乎草率收場，給人一齣荒謬劇的喜感。

我是很喜歡莎士比亞的。他的戲劇，充分凸顯人性的困頓：我們永遠在to be or not to be之間徬徨、猶豫、掙扎。

你愛父親嗎？應該，但爲何總是緊張居多？你與母親的關係，是愛憎糾結嗎？因爲你那麼愛她，她卻愛上一個跟你關係緊張的男人！

我們是誰？爲何別人眼中的我，總是跟我自己認知的我，有那麼大的差距呢？莎士比亞在他的戲劇裡，具體而微地，爲我們人生的困局，做了深刻推演。

非常、非常有意思的是，在中西歷史上，由於神權政治，賦予了某個家族在某段時期，擁有權力的正當性，因而，皇室的權力傳承，必須有它一套合理化的論述或安排。

哈姆雷特知道自己的父親突然死亡，叔父接任王位，還迅速娶了遺孀王后、哈姆雷特的母親。這就使得哈姆雷特面臨一種尷尬，自己的母親還是王后，但國王卻變成自己叔叔（而娶了他母親後也成爲他繼父）！

哈姆雷特原該第一順位繼承國王，如今卻被「兄終弟及」掉！這已經是權力傳承上的「政變」！何況，自己母親改嫁奪走自己王位的敵人（親人）！這何嘗不是一種背叛，雙重的背叛，背叛父親背叛兒子！更何況，還發現叔父有殺父之嫌！

母親知道這內幕嗎？母親有參與這陰謀嗎？自己該怎麼報仇？滿朝文武是否支持自己報仇，還是會支持新王，轉而對付弱勢一方的王子？

這一連串的好戲，不正是了不起的劇作家最愛的題材，可以迫使我們不斷地面對自己的猶疑、徬徨，以及，抉擇的痛苦。

最終，哈姆雷特手刃了叔父，但母親誤飲了叔父準備毒害哈姆雷特的毒酒（是報應，還是贖罪），而哈姆雷特也難逃身受毒劍所傷的死亡。

一場篡位，導致家族全軍覆沒，人性的貪嗔癡，最終淹沒了人自以爲聰明的盤算！

莎士比亞擷取了古希臘悲劇的精神，讓世人在戲劇中，學習謙卑、學習教訓。

女兒啊女兒，未來如果有一天，你可以讀莎士比亞的時候，你應該試試，你會知道，何以知識是一種力量。因爲，它可以累積出一種人生的智慧，透過別人自以爲聰明的經營，卻在機關算盡之際，暴露人性的愚蠢。

烏雞國死去的國王，向唐三藏託夢。五年前，國土遭遇乾旱，寸草不生。來了一位全眞道士，可呼風喚雨、點石成金，果然不假，拯救了國家。國王爲了感恩圖報，把這位高人當成親密好友，無話不可說、無事不奉告，同食同寢。

不料有一日，國王與這位全眞道士，到御花園裡遊玩，在八角琉璃井旁，不知道士拋下何物，井底萬道金光，國王被吸引至井邊，說時遲那時快，道士順手一推，國王掉進井裡，成爲一個「落井傷生的冤屈之鬼」。如今已三年過去。

爲何滿朝文武無人發覺呢？因爲這道士搖身一變，變成國王的模樣，矇騙了文武百官、六院嬪妃，連王后也沒有發現枕邊人「換了」！

那冤魂爲何不去陰司閻王處投訴呢？「他神通廣大，官吏情熟，都城隍常與他會酒，海龍王盡與他有親。東嶽齊天是他的好朋友，十代閻羅是他的異兄弟，因此這般，我也無門投告。」

這可怎麼好？人世間，誰還能幫他？

國王說，他還有個親生的儲君。這三年，太子在金鑾殿上，五鳳樓中講書，有時也跟這全眞道士一同臨朝，倒是沒有被貶位。只是，不讓他進皇宮，不能與母后見面而已，怕母子見面，會「閑中論出長短，怕走了消息。」

這妖道可眞厲害，採取孤立、隔離的對策，讓關係親密的人，無法親密相處，即便心中有某些疑惑，但由於無法即時溝通，這些疑惑也就無法凝聚、匯流，形成衝破阻擋的洪流。「各個擊破」之所以常成爲統治者的利器，其微妙處在此。用現在的術語，就是「資訊不對稱」，也是一種權力控制。

怎麼辦呢？國王的冤魂建議，趁太子出宮打獵，誘騙他來到唐僧落腳的寺廟，再趁機告訴他詳情。

孫悟空化作一隻白兔，在王子狩獵的隊伍前，百般刁難，氣得王子一路追趕，追趕至唐僧所在的寺廟後，則讓王子射中白兔的箭，插在門檻上，令王子大驚失色，更加深信他遭遇的兔子非比尋常（這也是利用人性的好奇心）。

在王子與唐僧、悟空的一番對話中，王子當然半信半疑（不輕易相信，也是人之常情）。

當看到國王冤魂交付給唐僧的信物白玉珪之後，王子有了掙扎：「若不信此言語，他卻又三分兒眞實；若信了，怎奈殿上見是我父王？」

解決之道，中西戲劇故事皆同，讓母親角色進來。

母子偷偷在後宮見面，雙方幾經試探，最後太子問了最「關鍵的」閨房祕聞：母親，我問你三年前夫妻宮裡之事，與後三年恩愛同否？如何？兒子問老媽老爸閨房之樂，這多尷尬？母親怎麼啟口！

兒子逼問：母親有話早說，不說時，且誤了大事！王后才喝退左右，淚眼婆娑地告訴兒子，守活寡啊！「三載之前溫又暖，三年之後冷如冰。枕邊切切將言問，他說老邁身衰事不興。」不性福啊！兒子，你老媽不性福啊！

兒子一聽，把父皇死後託夢唐僧的來龍去脈講一遍，母后半信半疑，兒子取出白玉珪，兩人哭成一團。母子都信了，父皇已死，妖道占位，接下來，怎麼除妖？

這也是《西遊記》好看的故事之一。因爲，眞假難分的，將不僅是烏雞國國王，還要添上眞假唐三藏！

要揭穿假國王、王子、母后的相信，固然重要，但沒有主要證據「國王的屍首」，也難以服衆啊！

孫悟空拐騙豬八戒，到御花園的八角井裡找「寶貝」，悟空神通廣大，何須「拐騙」八戒？

對了，你還記得吧？悟空不懂水性，而八戒可曾經是掌管八萬水師的天蓬大元帥啊！所以悟空等於擺了八戒一道，以「寶貝」誘騙他，下水找尋烏雞國王的屍體。

八戒呢，傻乎乎，跳下井，找著找著，竟找到水晶宮！原來烏雞國王的屍體，被井龍王以「定顏珠」定住，保存良好。八戒無奈，背著屍體出井。

屍首好找，但死屍如何活命呢？在神話故事裡，這倒不難。

悟空上天找了太上老君（咦，怎麼又是他？）要了顆九轉還魂丹，回到人間，灌進烏雞國王的口裡，約莫一個時辰，國王肚裡似乎呼呼地亂響，但身體硬是不能移動。

唐僧要悟空「口對口」人工呼吸，以悟空元氣注入國王的丹田，果然有效。烏雞國王「氣聚神歸，便翻身，掄拳曲足，叫了一聲：師父。」

還好，眞的救回來，不是殭屍、不是喪屍！但，眞國王復活，假國王會束手就擒嗎？

當孫悟空一行人，跟王子聯手，在殿上揭露假國王的醜事時，這假國王對戰悟空不敵，居然搖身一變，變成了「另一個唐三藏」！

孫悟空不是火眼金睛嗎？不是能辨妖精眞僞嗎？怎麼，面對兩個唐三藏，卻束手無策呢？

To be or not to be ，這是好問題。你想想，為何烏雞國王的王后，辨別不了眞假烏雞國王？爲何太子辨別不出眞假父王？難道，我們對客觀世界的認識，可以維持冷靜的分析判斷，但，唯有面對主觀、親近的世界，反倒失去了辨別力嗎？To be or not to be, that is the question。

煩惱的悟空，此時一看，豬八戒在一旁冷笑，怒了，你這夯貨怎的？如今有兩個師父，你爽啦，你有得叫、有得應、有得服侍哩。八戒卻笑道：哥哥說我獃，你比我又獃哩！

師父卽認不得，何勞費力？你且忍些疼痛，叫我師父唸唸那〈緊箍咒〉，若不會唸的，必是妖怪！

這招厲害，豬八戒厲害；這招厲害，眞的唐三藏才會〈緊箍咒〉。

豬八戒厲害，他一舉兩得，摸蛤蜊兼洗褲，同時也教訓了大師兄孫悟空！〈緊箍咒〉一出，孫悟空大喊疼痛，但假唐僧完全不知發生什麼事，當下暴露身分。八戒、悟淨圍著他，便一陣亂打。唐三藏停止唸咒後，孫悟空抓住機會要了結這假唐僧，不料此刻，東北角上，一朵彩雲浮現，「孫悟空，且休下手！」

悟空一看，是文殊菩薩。菩薩拿出照妖鏡，對著假唐僧一照，鏡子裡出現的是一頭青毛獅子。又是犯錯被貶下凡？還是，偷偷思凡下界鬧事？

噢不，都不是。文殊菩薩解釋，是烏雞國王好善齋僧，佛祖叫文殊菩薩來度他歸西，成爲金身羅漢。誰知，因爲所有的神啟，都「不可以原身相見」（這很對，因爲以神的姿態現身，欠缺考驗試煉的意義），因此變作凡僧，不料雙方話不投機，烏雞國王不知文殊菩薩化身是好人，關他在御水河三天三夜。

天上一日，地上一年。你國王害我文殊菩薩泡水三天三夜，我就差使青毛獅子，到這裡作怪，推他下井，浸他三年！

悟空說，可是他三年不知害了多少人？菩薩說，不曾害人。這三年，風調雨順，國泰民安。

悟空再說，可是，王后娘娘三年來與他同宿同眠，玷汙了身體，壞了多少綱常倫理？菩薩再說，玷汙不至於。因爲這獅子是「騸了的獅子」（閹割過的獅子，是太監獅子）！

所以呢？一切發生過的事情，都等於沒有發生過！而這一切苦難，都只因爲烏雞國王言語上、行爲上，冒犯了文殊菩薩！

你覺得，這不是一場鬧劇嗎？是堂堂天上的文殊菩薩，懲罰地上的烏雞國王，扯出的鬧劇。近親篡位、權臣篡位、兄弟篡位，一直是君權政治最恐懼的政治事件。但，莎士比亞的《哈姆雷特》試圖探索人性在其中的猶豫、困惑與抉擇，以及，悲劇帶來的啟蒙意義。

但，《西遊記》卻在應該嚴肅討論的關鍵時刻，閃躲了。把一切歸諸於一場誤會，一場人神之間的誤會！

這樣輕描淡寫，其實也是逃避了對現實政治的思索。難怪，權力政治與人性糾結的探索，華人世界還要遲至二十世紀以後，才在西風壓倒東風之際，有進一步的反省。

但那已經是更多的留學生，到西方取經之後的事了。

十九

從此世間沒了紅孩兒，多了善財童子。但有幾個小朋友知道誰是善財童子啊！

《西遊記》裡，紅孩兒，是我女兒在孫悟空之外，印象最跳躍的角色了。紅孩兒就是個活跳跳的小孩。小孩，喜歡年齡相仿的小孩，天性使然吧！

但，我女兒不知道的是，紅孩兒注定永遠都是個小孩樣。他永遠都會是那樣！而你，我親愛的女兒，你的童年一去不返，你會走過紅孩兒的階段，往青少年哪吒、往青年的路上，飛奔而去。

而我女兒，更加不知道，紅孩兒雖然叫紅「孩兒」，但他事實上，是個修煉超過三百年的「老」傢伙！乳名紅孩兒，外號「聖嬰大王」，夠氣魄吧！

紅孩兒，無疑是《西遊記》裡，地表上知名度最高的「小孩子」了。由於天庭上，還有位哪吒三太子，所以我說是「地表上」知名度最高。

紅孩兒是典型「妖二代」。他的父親牛魔王，母親鐵扇公主，都赫赫有名。

牛魔王是孫悟空當年花果山的串門常客，孫悟空知道他父親是牛魔王，世交之子，於是想攀關係、套交情，但紅孩兒根本不管你是誰！典型的創業新世代，不靠爸不靠媽，坐擁山頭，唯我獨尊，我行我素。

也由於，紅孩兒的個性，終導致他們一家三口，在唐僧西行的路上，兩度與孫悟空摩擦、廝殺，紅孩兒終於被菩薩收了，投入法門，從此改名「善財童子」。

更好玩的是，後世所熟悉的紅孩兒形貌，包括髮型，並非紅孩兒的原貌，而是菩薩收服他之後，爲他量身打造的善財童子造型！

紅孩兒「高齡」卻「赤子」模樣，最大優勢是，世人多不提防他，甚至，還因此被他矇騙。他變身小孩子，赤條條，掛在樹上，在路邊求救，勾起唐僧的不忍，要悟空背他回家，被悟空識破，於是惱羞成怒，作起法來，趁亂把唐僧搶走。

孫悟空第一次跟紅孩兒單挑，並沒討到便宜。紅孩兒的兵器，是一把丈八長的火尖槍，使起來刁鑽無比。他光著腳、不穿鞋，還會布陣。他布了金木水火土的五行小車陣，當他不敵孫悟空時，便回身唸咒，五輛小車頓時火光齊發，燒得煙火瀰漫、熾天熾地。

孫悟空心想，一物剋一物，水剋火，便去找了四海龍王聯手助他。但，愈幫愈糟。

悟空聯手四大龍王，二度挑戰紅孩兒。這紅孩兒有致命武器：三昧眞火。三昧眞火，非一般凡間之火。你用水潑它，它燒得更旺、更猛！

悟空無奈，鑽入火中，跟紅孩兒一決高下。不料，他既不知彼（低估三昧眞火的威力），也不知己（他不怕火但怕煙），結果紅孩兒朝他噴一大口煙，他瞬間眼花雀亂、淚落如雨、暴躁難禁，情急之下，本能反應跳入山澗，泡冷水。誰知，冷水一逼，火氣攻心，三魂反而出竅了！急得八戒、悟淨跳下水救他上岸，緊急心肺復甦術，搶回一命。

這一戰再度失利。悟空要八戒去南海搬救兵，請菩薩出手。紅孩兒卻變身成菩薩，半路把笨八戒騙進洞內，五花大綁，準備吊個三五日，蒸熟了吃。（豬八戒被綁，吊在空中這一段，奇怪哩，小孩都喜歡得很！都要被蒸煮了，小孩反應都是笑笑笑！一點同情心都沒有。當諧星，眞是注定悲哀啊！）

這紅孩兒雖含著金湯匙出生，倒也算「有酒食，爸媽嘗」的孝順派，他叫小妖去父親牛魔王那，一塊來吃唐僧肉、八戒烤乳豬。但你會變菩薩騙人，我悟空不會變你老爸來唬你嗎？

假牛魔王與紅孩兒的對話，精采極了。紅孩兒跟老爸炫耀，抓來唐僧、八戒。假老爸提醒他，孫悟空不好得罪啊。紅孩兒笑，名不符實，孫猴子哪有那麼厲害！假老爸恐嚇他，孫猴子有七十二變。紅孩兒笑，領教過了，不怎麼樣。

假老爸說服不了他，改換策略，說今天不能吃唐僧肉。紅孩兒好奇，爲何不能？假老爸編了今日吃齋的理由。（穿幫了！太不合理。）

紅孩兒豈會不知自己父親？他聽了心底暗想：「我父王平日吃人爲生，今活夠有一千餘歲，怎麼如今又吃起齋來了？想當初作惡多端，這三四日齋戒，那裡就積得過來？此言有假，可疑，可疑！」（是不是，畢竟父子一場，怎會不知老爸德性！孫悟空本事雖高強，畢竟吃素單身，石頭蹦出來的，自己沒老爸，假扮人家老爸，哪這麼容易啊！）

起疑的紅孩兒，藉故離開，叫來小妖仔細盤問。果然，原來小妖是在半途遇見牛魔王，怪不得來得好快！

這紅孩兒刁鑽！決心試試這「老爸」是眞是假。他故意若無其事地，繼續跟假牛魔王閒扯，但他突然話鋒一轉，聊到日前巧遇張天師，張天師要幫他算算命盤，於是問起生辰八字。紅孩兒故意說自己年幼，記不眞切，正好父親您來，不妨您告訴我吧？（這招，多狠！有做父親的，不知道小孩何年何月何日何時出生的嗎？）

假牛魔王心中暗想，你這小妖怪，還眞厲害啊，這樣考我！但表面上，假牛魔王不動聲色：哎呀，我最近啊年老體衰，連日又多事，不遂心懷，還眞是一下子忘了你的生辰八字呢！

這紅孩兒頓時翻臉，「父王把我的八字時常不離口論說，說我有同天不老之壽，怎麼今日一旦忘了。豈有此理！必是假的！」說完，哏的一聲，四周已經布陣的小妖們，便蜂湧而上，一陣亂打。

穿幫啦，穿幫啦！悟空一邊招架，一邊喊著：沒道理沒道理，哪有做兒子打老爸的！說來有趣，紅孩兒竟然聽了滿面羞愧，不敢回視。輕易讓孫悟空化作一道金光，飛出洞府。

他喝住小妖們，不用追趕，「罷，罷，罷！讓他走了罷！我吃他這一場虧也！且關了門，莫與他打話，只來刷洗唐僧，蒸吃便罷。」

明明打的是假爸爸，幹嘛臉紅羞愧呢？一則，被騙了，很尷尬；二則，要用弗洛依德的理論了。打的是假爸爸，但他的外貌卻是親身父親面貌，打起來怪怪，也打起來似乎有種宣洩之快感；三則，文豪魯迅在小說《阿Q正傳》裡，諷刺中國文化存在一種「精神勝利法」。我打不贏你，但我可以「精神」勝過你！你被我騙，叫我老爸，被我吃豆腐，我就很爽！被占便宜的，也是同樣邏輯，感覺羞恥。

孫悟空就是如此。他離洞之後，面對沙悟淨追問，到底救回師父沒？無法正面回答，卻沾沾自喜，紅孩兒叫我父王，我就應他；紅孩兒跟我叩頭，我就接受，眞是爽歪歪啊！（這不是精神勝利法，又是什麼？）

沙悟淨此時腦袋倒清醒，他提醒悟空，「哥啊，你便圖這般小便宜，恐師父性命難保。」是啊，逞口舌之快，是虛，師父性命安危，是實啊！老哥，你懂嗎？

孫悟空才決心自己跑一趟，再找南海觀世音菩薩出手。菩薩是唐僧西行取經的贊助人，一路暗助，沒理由不出手。可是，這次，菩薩有點生氣，因爲她的名號被盜用了！記得嗎？紅孩兒是怎樣騙到豬八戒的？對，就是變身成菩薩啊！菩薩是何等的神仙？民間聲望何等崇隆！豈能讓你這毛頭小子紅孩兒冒充他！這是紅孩兒自找苦吃。菩薩大怒：「這潑妖敢變我模樣！」隨手把隨身攜帶的寶珠淨瓶丟入海中。

孫悟空心中有了小劇場：哦，菩薩也會生氣哦！一怒，還會亂丟東西！但，不一會，海浪掀起，一隻烏龜，駝著淨瓶浮出海面。

悟空內心又是小劇場演出：哦，原來是管瓶子的哦！不見了，就找他負責。
菩薩突然問，你在那嘀嘀咕咕什麼？悟空忙說沒啊。
菩薩要他把瓶子拿上來，悟空伸手去拿，赫，怎麼那麼重？悟空心知肚明，趕緊跪下，「菩薩，弟子拿不動。」
菩薩虧他，你這猴頭，只會說嘴，瓶兒你也拿不動。
孫悟空法力無邊，爲何拿不動？一山還比一山高。菩薩的淨瓶，在海裡轉過了三江五湖、八海四濱、溪源潭洞，「共借了一海水在裡面」，悟空當然拿不動。
但菩薩呢？他當然要展現實力。菩薩用右手輕輕提起瓶子，托在左手掌上（法力比悟空高強吧）。這瓶中之水，可是四海龍王之水，是能滅三昧眞火的！
有了滅三昧眞火之水，菩薩還要徒弟惠岸，去天庭跟他父親借一樣厲害武器：天罡刀。一借，便是三十六把。幹嘛呢？把三十六把天罡刀，幻化成一座千葉蓮臺，然後，一行人去找紅孩兒了。

紅孩兒看見菩薩，再三追問是來幫助悟空嗎？菩薩不語。紅孩兒舉槍便刺，菩薩化爲金光消失，只留下千葉蓮臺。紅孩兒嘲笑悟空無能，找來的菩薩也是膿包，說著說著，便學菩薩盤腿坐在蓮臺上。

但，他徹底上當了。只見菩薩將柳枝一指，蓮臺上的千葉，立刻變成刀尖，每把刀尖，都穿透紅孩兒的腿，血流成注。紅孩兒痛得伸手拔刀，菩薩再唸一道咒語，那些刀尖立刻變成如狼牙一般，有了倒勾，緊緊勾住紅孩兒的腿，痛得他哇哇大叫！（是不是有點殘忍？）

紅孩兒只能求饒。菩薩要他摩頂受戒，紅孩兒沒得選擇。菩薩拿出一把金製的剃頭刀（菩薩還會剪髮？）當即爲紅孩兒剃了一個太山壓頂，還留下三個頂搭，挽起三個窩角揪兒。

應該是滿滑稽的，悟空大笑：不男不女，不知像個什麼東西！

菩薩對紅孩兒說，今後你就叫「善財童子」。不料，紅孩兒卻趁菩薩不注意，提起長槍，劈臉刺去。菩薩閃過，從袖子裡取出一個金箍兒，說如來佛賜了「金、緊、禁」三個箍兒，緊箍兒我給了孫悟空，禁箍兒我給了守山大神，這金箍兒，就給你紅孩兒吧！

菩薩說聲「變」，那金箍兒隨卽一變作五，五個箍兒分別往紅孩兒身上飛去，一個套在頭上，兩個套在雙手，兩個套在腳上。菩薩唸咒，紅孩兒痛得打滾，但仍試圖拿槍再刺，菩薩用柳枝，沾了一點甘露，輕輕一聲「合」！只見紅孩兒長槍離手，一雙手合掌當胸，從此再也不能分開，這卽是至今所有的善財童子像，共有的一種手勢「觀音扭」。

從紅孩兒到善財童子，是一個小孩，從刁蠻到蛻變成循規蹈矩的過程。菩薩雖然贏了，但你若問問愛聽故事的小朋友，到底喜歡誰，我打賭，百分百是紅孩兒！誰知道「誰」是善財童子啊！除了我們這些一心想發財的老傢伙！

二十

孫悟空三借芭蕉扇，扯出牛魔王外遇，鐵扇公主失去老公失去兒子守活寡，而火焰山從此名聞天下！

紅孩兒被觀世音菩薩收服這一段，我說過，他完全不靠爸、不靠媽。他一個人，獨自對付孫悟空一夥，抓了唐僧、騙到八戒，以三昧眞火，熏得悟空方寸大亂。最終，鬥不過觀世音，被下了五道金箍兒，比悟空還慘！悟空只有頭上一道緊箍兒，紅孩兒卻有五道，頭上之外，雙手雙腳，也套上。紅孩兒從此不叫紅孩兒，而叫善財童子。(眞是難聽！)從此，他不僅消失於妖界，也消失於他的父母親面前。

這可不是我亂說的。這可是他母親，鐵扇公主說的。這是她，第一眼看到孫悟空，火氣上來，劈頭就是一劍的原因，「還我兒子來！」

觀世音收了紅孩兒之後，唐三藏一行繼續西行，千山萬水，黑白兩道，苦頭當然還是吃了不少。我暫且跳過，因爲，紅孩兒畢竟是名妖之後，他不見了，做爸媽的，豈能不關心？倘若，照《西遊記》的順序，先講其他經歷，再來講牛魔王與鐵扇公主，他們對「紅孩兒不見了」這件事的反應，未免聽故事的效果，要大打折扣。

鐵扇公主登場，是因唐三藏一行，勢必要通過燠熱難當的火焰山。火焰山，眞有其山，新疆吐魯番盆地上，東西一百多公里，南北約八、九公里，土質紅色、寸草難生，夏季乾燥炎熱。烈陽之下，熱氣騰騰，遠處望去，儼然一片紅光。在神話的世界裡，被虛構成火焰灼灼之山，不是沒有想像力的。

《西遊記》裡，一位老者這樣描述火焰山：「那山離此有六十里遠，正是西方必由之路，卻又八百里火焰，四周圍寸草不生。若過得山，就是銅腦蓋、鐵身軀，也要化成汁哩。」

怎麼辦？這麼炎熱的山，爲何周邊還是有人居住呢？他們吃什麼？這等酷熱，五穀如何能生成？答案，被一位叫賣糕點的男子揭曉。他說：「若知糕粉米，敬求鐵扇仙。」

這鐵扇仙，有柄「芭蕉扇」，一扇息火，二扇生風，三扇下雨。當地居民便趁這時機，布種、及時收割，因而能種五穀，維持生存。

悟空一聽，決定去找鐵扇仙，借扇子一用。他騰雲駕霧，到了鐵扇仙附近，再一打聽，苦了，原來鐵扇仙，在當地，叫鐵扇公主，她老公，牛魔王！

那紅孩兒不就是他們倆的寶貝兒子嗎？碰上有冤有仇的人了，這下可好，她怎麼可能借扇子？但高手在民間，一位樵夫，提醒悟空，「大丈夫見貌辨色（察言觀色），只以求扇為名，莫認往時之溲話（老話、舊話），管情借得。」就是裝傻，矇騙過去啦！

但，有用嗎？實在低估了「做母親」的能耐啊！這悟空才送上名號，鐵扇公主一聽「孫悟空」三字，火冒三丈，拿起兩把青鋒寶劍就砍！

悟空稱她嫂子，說與牛魔王結拜兄弟。不說還好，說了，公主更氣。你既有兄弟之親，為何要坑陷我兒子？

悟空裝傻，誰，誰是你兒子？紅孩兒啊！你還裝。悟空說，啊，是他哦！你誤會大了。

我沒坑陷他，是他抓了我師父，冒充觀世音，被菩薩收了，做她身邊的善財童子。很好啊，從此與天地同壽、日月同庚，當了神仙，不是很好嗎？大家羨慕都來不及，你幹嘛怪我！

鐵扇公主哭了，講了一段唯有父母才懂的揪心話：「我那兒雖不傷命，再怎生得到我的眼前，幾時能見一面？」傷心啊！以前做妖，我們還是一家人，不時見面聚聚。如今神妖兩隔，今生今世何時母子得相見啊！（噢不，更糟的是，我們無論神妖，都不會死！不會死，又不能相見，更慘啊！）

愈想愈氣，拔劍就砍！悟空起先還承讓，讓你嫂嫂砍來出氣，反正我金剛不壞之身。但砍了幾十劍之後，一點事也沒，鐵扇公主反倒怕了，想抽身而退，悟空哪裡肯讓她走，追著要扇子。

鐵扇公主回頭，放冷箭，一扇揮去！呼，呼，呼，一扇陰風，把孫行者搧得無影無形，莫想收留得住。

那悟空，被吹得像旋風翻敗葉，流水淌殘花，滾了一夜，直到天明，才落在一座山上，抱住一塊峰石。仔細一看，竟是小須彌山！小須彌山，是靈吉菩薩的住所。這菩薩，曾幫助悟空降服黃風怪，悟空來過，所以當下決定再去請教。

靈吉菩薩告訴悟空，鐵扇公主又名羅煞女，那柄芭蕉扇，乃太陰之精葉，能滅火氣。通常一搧，要飄八萬四千里。你悟空有騰雲駕霧的能力，因而只飄了五萬餘里。

悟空吃過苦頭，知道不好對付。靈吉菩薩送他一粒「定風丹」。有了定風丹，悟空再去找鐵扇公主。

鐵扇公主再與他鬥了幾回合，取扇又是一揮，哦，這回沒用！悟空大笑，你搧啊！你搧啊！鐵扇公主屢搧無效，慌了，轉回洞內，緊閉大門。

接下來，是很多小朋友喜歡的橋段了。悟空變成一隻蟭蟟蟲（小蟲），順勢躲在鐵扇公主喝的茶水裡，一骨碌，滑進肚內，高聲喊著：嫂子，借我鐵扇！

公主大驚，問身邊人，鐵門關了嗎？報告，關了。怎麼會有孫猴子的聲音？身邊的人，膽怯地說，聲音是從你身上傳出來的！

鐵扇公主嚇一跳，怎麼回事？孫悟空喊，我在你肚子裡啊！不信嗎？證明給你看。說完，便用腳一蹬！痛得公主哇哇大叫。悟空不罷手。又往上，用頭一頂，鐵扇公主痛得臉色蒼白，大喊饒命。悟空要她借扇子，她點頭答應，叫人拿了扇子。悟空從口中飛出，拿了扇子，便走。

悟空取了扇子，帶著唐僧一行，來到火焰山下，大力一揮，火光烘烘騰起。再一揮，呼，火勢百倍。奇怪啊，怎麼回事？悟空不信，再更猛一揮，哇，火勢有千丈之高了！連悟空的兩股毫毛，都被燒到，燙死人、燙死人啦！悟空慌忙帶著唐僧一行，往後撤退，直撤到二十餘里，才逃出火勢範圍。

被騙了。被騙了。這時，火焰山的土地公，建議悟空去找鐵扇公主的老公，牛魔王出馬。但牛魔王可沒跟嬌妻住在一塊！(不是夫妻嗎？) 牛魔王此時是跟一位玉面公主同居。玉面公主又是誰？

她乃萬歲狐王的獨生女，狐王過世後，她坐擁百萬家產，兩年前，巧遇牛魔王，甘心倒陪家產，招贅爲夫。牛魔王，便拋棄了鐵扇。（這賤男人，不知道鐵扇失去丈夫、失去兒子，孤苦伶仃嗎？難怪火氣那麼大啊！）

這段，《西遊記》有趣的公案。因爲借扇，扯出的，老公外遇案。

孫悟空誤打誤撞，要找牛魔王，卻直接問到玉面公主。悟空謊稱是鐵扇公主要他來找牛魔王。元配派來的人？外遇一聽，也火了，破口大罵，說她這兩年是如何地善待牛魔王，送金送銀、供柴供米，那「賤婢」（指鐵扇公主）一點都搞不清楚狀況。

悟空知道她是牛魔王的新歡，拿出金箍棒便要打。玉面公主跑回洞內，向牛魔王討拍。

牛魔王出洞，見了悟空，兩人敘舊。

這牛魔王與悟空的對話，非常「men's talk」。怎麼說呢？鐵扇公主一聽孫悟空名字，失子之痛，不由分說，便母性大爆發。但，老爸牛魔王呢？竟然跟悟空先行禮如儀一番，哥啊兄啊的，當悟空把同樣跟鐵扇公主講過的話再講一遍後，牛魔王卻沒那麼生氣（至少，比太座差多了），當悟空再爲驚擾玉面公主抱歉後，牛魔王也就一副「好啦好啦，算啦」的神情！

你看，是不是很「男人互動的模式」！家務事不是大事？換成鐵扇公主，不早氣爆了！唯有當悟空提到借扇失利，牛魔王才醒悟到，原來你這猴子還跑去騷擾我太座啊！

顯然心虛了，不表態不行。牛魔王跟孫悟空大打出手，百十回合，不分高下。但剛好魔王的朋友來招喝酒，魔王便跟悟空協議，下次再打。（有趣吧！典型男人過招模式，打打談談，鬥而不破。）

但悟空耍了一招，趁魔王不在，偷了他的坐騎金睛獸，七十二變變成假牛魔王，直奔芭蕉洞，要騙鐵扇公主了。

這個精采！鐵扇公主與牛魔王分居兩年多，寂寞難耐！此刻，老公駕到，怎不驚喜！驚喜，便失察！

鐵扇趁機向老公哭訴撒嬌，假牛魔王虛情假意。鐵扇一高興，叫人備酒備菜，小別勝新婚。

但悟空吃齋、不飲酒，牛魔王呢？別忘了，他兒子紅孩兒說過的，大口吃肉大碗喝酒啊！若夠細心，就可以抓到他穿幫！

可惜，鐵扇公主「情迷意亂」，看到夫君回頭找她，一心只想「嘿咻」（終究兩年多，沒碰男人啦），哪肯注意細節呢！

「酒至數巡，羅剎覺有半酣，色情微動，就和大聖挨挨擦擦，搭搭拈拈，攜著手，俏語溫存；並著肩，低聲俯就。將一杯酒，你喝一口，我喝一口，卻又哺果（互相餵食果子，很情色吧）。」這段「多色情」啊！

女的，就是想要，想要男的身體。男的，也是，但他想要的，卻是女人的，扇子！

假牛魔王趁機問，夫人，扇子收好了吧？嗯，人家收得很好，你看，不是在這嗎？鐵扇公主從嘴裡吐出一隻小扇子。

悟空看著小扇，心想：這麼小，怎麼搧？鐵扇看牛魔王發呆，把粉臉貼上去，問他幹嘛發呆！牛魔王問，這麼小怎麼滅火？（穿幫啦！不是親密老公嗎，會不知？）

哎呦，老公，你操什麼心啊！你先滅滅我身上這股火吧！鐵扇公主真的心癢癢，才沒發現破綻！她還幫忙解釋，你啊肯定是被那妖精迷惑了，怎麼自己寶貝的事，也會忘記？

說著說著，鐵扇公主告訴他：用左手大指頭，撚著扇柄上第七縷紅絲，唸一聲「回嘘呵吸嘻吹呼」，扇子便可從藏於口中的小小扇，長成一丈二尺長短的大扇。

悟空聽完「沉不住氣」了，也可能再被撩撥下去，就要忍不住，穿幫啦（畢竟是處男，不，處猴啊）！於是，拿著扇子，把臉一抹，現出原貌，當場糗了鐵扇公主，鐵扇公主一看，撩了半天，竟然是隻猴子，糗大了！「氣殺我也！氣殺我也！」

悟空離開之後，路上便試試口訣對不對。沒錯，扇子立刻長成一丈二尺。但，但，麻煩來了，孫悟空不知道如何縮小扇子！只得扛著它，一路走回去，也很糗吧！

牛魔王應酬完，發現坐騎不見，立馬判斷，是孫悟空搞鬼，假扮他，去騙鐵扇公主了。他匆匆回到芭蕉洞，知道原委後，提了鐵扇公主的雙劍，追趕孫悟空。

明著跟你鬥，牛魔王未必勝。牛魔王以其人之道，還治其人之身。他變身豬八戒，假裝迎面找尋孫悟空。

這悟空，能騙鐵扇公主成功，易容術高明，是其一，但對方疏忽，是其二。同樣，扛著一柄大扇子的他，迎面看到八戒，一則完成任務，拿到扇子，不免虛榮，虛榮就會大意；二則扛著大扇子，眞累，有人分勞，正好。

於是，假八戒幾句恭維話，悟空醺醺然，把扇子遞給假八戒。扇子一到手，牛魔王現身，但他不知道，悟空已經含了定風丸，鐵扇奈何不了他。

孫悟空與牛魔王的鐵扇鬥法，是《西遊記》裡滿悲壯的一段。牛魔王確實英雄好漢，孫悟空單打獨鬥，不一定能贏。後世在港片《大話西遊》裡，牛魔王的巨大形象，是有所本的，牛魔王現出原形「一隻大白牛。頭如峻嶺，眼若閃光。兩隻角，似兩座鐵塔。牙排利刃。連頭至尾，有千餘丈長短：自蹄至背，有八百丈高下。」

然而，孫悟空勝之不武，最後是聯手四大金剛、六丁六甲、護教伽藍、托塔天王、巨靈神將，還有八戒、土地、陰兵等等，才迫使牛魔王就範，交出鐵扇。

勝之不武，勝之不武。牛魔王，眞眞是一條英雄妖！火焰山，從此以後，不再火焰灼灼，乃因，鐵扇公主教了孫悟空一個祕訣，連揮它七七四十九下，大雨淙淙，火焰山從此只是一個地理名詞而已！

但孫悟空三借鐵扇，扯出牛魔王的外遇，最後還落得被衆神圍剿的下場，而永不再燃燒的火焰山，也讓鐵扇公主的扇子，從此一文不值！

牛魔王與鐵扇公主的際遇，不正是「匹夫無罪，懷璧其罪」的最佳註腳！只是稍嫌悲慘了些！

二十一

孫悟空一打三，力戰虎力、鹿力、羊力，暗諷了明朝天子寵信道士的荒謬。但這三妖卻從此名聞後世，聲名大噪！

車遲國，有三妖，虎力、鹿力、羊力，三個妖大王，化身道士，詆毀佛教，卻靠孫悟空一猴之力，挽救五百和尚於懸命之間。誰說，孫悟空不是《西遊記》第一主角！

金角、銀角之後，虎力、鹿力、羊力，三大妖王，應該是《西遊記》裡，最具知名度的妖怪三人組了。或者，應該說，是最具知名度的「男妖三人組」了！因爲，之後還有盤絲洞的蜘蛛精啊，她可是道地的傳世女妖！

車遲國三妖，非常具批判的象徵性。因爲，他們化身爲道士，詆毀佛教、虐待和尚，只等齊天大聖前來搭救。

舉凡創作的人，都有一種內在的天性，喜歡以古諷今，或，藉機譏刺時政。即便，他是一個不甚得意的落魄文人。有時候，愈落魄，愈失意，諷刺時局的意圖更強烈。因爲得意的，多半被體制收編了。

《西遊記》作者吳承恩，寫作期間，約在明世宗嘉靖年間。明世宗是明朝篤信道教的高峰，他祈求長生不老，禮聘道士、開壇作法、煉丹煉藥，道士的政商地位，達到頂峰。在位者，好道，趨炎附勢者，誰不一窩蜂地奉承？明朝有名的權臣嚴嵩、嚴世藩父子，備受嘉靖皇帝的寵愛，因素之一，便是所謂的「青詞高手」。

何謂「青詞」？道士建醮祈福的時候，慣例要作文一篇，寫給誰？當然是獻給天帝。這文章，用紅色顏料，寫在青藤紙上，稱「青詞」。寫給天帝的內容呢？多半是祈福、謝罪、消災等語彙。

由於，皇帝篤信道教，這青詞明著寫給天帝，暗著當然要阿諛、讚美皇帝了。一般道士哪有這能耐，通常會委託給有文采的人。嚴嵩與他的兒子，是箇中高手，據說，嚴嵩的青詞，嘉靖皇帝愛不釋手。

文章好看嗎？首先，是駢文，要押韻、要對仗，很不容易的。但，你想想，整篇文章從頭到尾，吹捧、戴高帽子，被吹捧的人，可能開心，我們一般人，只能搖頭吧！

了解這背景，《西遊記》車遲國三位妖怪，假扮道士，假仙假怪的故事，就有邏輯可尋了。吳承恩擺明諷刺當朝皇帝的寵信道士。宗教應該平等，如果某一宗教晉升國教，其他宗教不免淪落次等待遇。道教被皇帝捧在手上，佛教自然備受挫折。《西遊記》既然是歌頌唐三藏西行取經的歷史事件，作者暗諷明朝皇帝的迷戀道教，也就順理成章了。

唐僧一行，踏入車遲國，首先令他們觸目驚心的是，幾位道士在一群和尚面前，趾高氣揚、傲不可攀。這群和尚，費力推車，只爲要把興建道觀的磚瓦建材，運到指定的地點。稍有懈怠，便少不了一頓叱罵毆打。

怎麼回事？車遲國遭遇乾旱，國王找來道士、和尚一塊祈福消災。不料，和尚無所成就，反倒三位外來道士，升壇作法，要風有風、要雨來雨，自此道士地位大幅提高、作威作福，各地道士聞風前來，愈聚愈多；佛教遭詆毀，和尚被充當道士的傭工。連帶所及，不止和尚遭殃，連禿子、毛稀的，也一併被牽連。（好笑吧！敢嘲笑禿子！）

車遲國際遇，孫悟空是第一，也是唯一主角。只因，這群苟延殘喘的和尚們，經常在夜裡做夢，夢到太白金星托夢，日後會有位齊天大聖來拯救他們，還把相貌也描述得極爲清楚。難怪，孫悟空一進車遲國，一碰到和尚，無一不認得他！反倒大名鼎鼎的唐三藏，沒人識得！

這悟空，第一次挑釁兼調侃車遲國道士們，是哄騙豬八戒、沙悟淨去三清觀，推倒元始天尊、靈寶道君、太上老君的塑像，然後施法假冒，一人冒充一位。趁著夜闌人靜，把道觀裡供奉的饅頭點心蔬果之類的，吃得一乾二淨。

不小心被小道士發現，乾脆一不做二不休，假裝神仙顯靈。道觀裡的老道士，希望他們留下一些金丹聖水，悟空、八戒、悟淨則惡作劇，各自撒了一泡尿，作弄道士。

這幾位道士，分別是：虎力、鹿力、羊力三大妖道。車遲國這一段經歷，完全是悟空一猴，與三妖的動物大車拚。唐三藏形同道具人，八戒、悟淨只跑龍套。

第一次比試，祈雨大賽。乾旱、水患，老天發威的大自然現象，即便當代衛星氣象觀測預報這麼先進，一旦碰到，也只好靠水庫集水、節約用水等方式熬過，人造雨則看老天幫不幫忙。

在古代，人力完全沒轍。祈雨，尤其是代表天之子的皇帝，登壇祈雨，是舉國矚目的大事。

但祈雨，哪那麼容易！靠的仍是運氣成分。運氣既然很難講，旁門左道、巫術法力等等，自然有見縫插針的空間。虎力、鹿力、羊力，三大妖道，靠的正是這本領。祈雨這橋段，擺明的是諷刺道教喜歡裝神弄鬼，但也不無調侃佛教亦僅能誦經祈願！

虎力大仙看來是老大，祈雨把戲，他扛大梁。他果然有威儀，設一高壇，壇高三丈多，左右插滿二十八宿旗號。頂上一張桌子，桌上一個香爐，爐中香煙靄靄。兩邊兩隻燭台，點燃燭火。爐邊還有一座金牌，刻有雷神名號。底下五個水缸，注滿清水，水上浮出楊柳枝，柳枝上托著鐵牌，牌子上寫有雷霆都司的符字。左右五支大樁，樁上寫有五方蠻雷使者的名錄。每一樁，各站立兩名道士，各執鐵鎚，侍候著打樁。壇後，多名道士，在那寫作文書，正中間，還有一架紙爐，布滿紙紮人物，都是土地贊神之類的。

這排場，唬人吧！我之所以這麼詳細地描述下來，是因爲，之後我們在電影裡，看到無論是道士驅魔，或後來以道教爲訴求的白蓮教、義和團等等，登壇作法的模式，都跟《西遊記》裡的排場，八九不離十。

排場大，才唬人啊！不是嗎？虎力大王爲何祈雨有效？他明明是妖啊，爲何天上的風神、雲神、雷神、雨神肯聽他差遣？原來，這道士雖假，他施法用的文書，卻是眞的！掌管風雲雷雨的衆神，只看文書眞假，不管發號施令是誰。（這叫依法行政！否則就是瀆職啊，孫老大！）

悟空不管，舉起金箍棒，要衆神不准聽令！乖乖就範。虎力大王當場在車遲國王面前，糗大了！

等到唐僧登壇（悟空逼他裝腔作勢一番），衆神再隨著悟空的指揮，要風要雲要雷要雨，一陣大雨滂沱。唐僧，贏了。

三大妖，怎可能輕易罷休？他們知道，生死存亡之秋，不是道士繼續稱霸，便是和尚主導未來。於是，三妖要跟唐僧鬥法，請國王當見證人。贏者全拿，輸家滾蛋。

這是一對三，三打一的擂台賽。唐僧在檯面上，充個數，悟空在檯面下，眞正一打三，面子做給師父，裡子他才是老大！

比試第一場，賭坐禪。可不是一般的坐禪啊，是把一百張桌子，各分五十張，一張一張疊上去，不可以手攀、不可以登梯，必須駕雲而上，在最上面一張桌子，坐禪數個時辰，看誰先撐不住。

哇，這不就是電影《黃飛鴻》裡，他力戰白蓮教主類似的場景嗎？靠輕功，一躍而上。唐僧，凡人一枚，怎麼上去？當然靠悟空幫忙。

在搖搖晃晃的桌子疊羅漢上坐禪，已經不容易，何況對方還耍詐，變一隻臭蟲叮咬唐僧。悟空更狠，弄一隻蜈蚣，直接咬虎力的鼻孔，把虎力摔落地表。虎力，輸！

再來是鹿力大王上陣。比「隔板猜枚」，猜櫃子裡放什麼東西。悟空先變成一隻小蟲，溜進櫃子，把藏的東西，變了樣，讓信心十足的鹿力，栽跟斗。但國王不服，親自放了桃子於櫃子內。悟空照舊，先變身溜進去，把桃子吃了，剩下桃核。羊力猜仙桃，唐僧猜桃核，當然羊力，再輸一盤。

這時，虎力出面，決定這回不猜物，要猜人。他把小道士放進櫃子，要唐僧猜，猜對，道士認輸。但，這道士顯然沒看過「大衛變魔術」，不知道，人也是可以像道具一樣，被變來變去啊！

沒錯，悟空把小道士唬住了，要他換裝成小和尚，給道士師父一個驚喜。結果，當然是surprise！唐僧猜和尚，贏！

連輸四場的虎鹿羊三妖，沒有退路了。最後他們要求，比生死！他們三兄弟，輪流比「砍頭，又能安上」、「剖腹剜心，還再長完」、「滾油鍋裡，又能洗澡」。

這時，一直在暗處出力的悟空講話了。說這三件本事，他都行，讓他代替師父，力戰三位道士吧！

孫悟空先讓劊子手砍他的頭。那頭，被砍下後，掉在地上滾了三、四十步。鹿力大仙使詐，期約賄選，要土地神扯住頭顱，不讓它安回去，以後替他把小祠堂蓋成大廟宇，把泥塑像改成正金身。賄賂有效，沒了頭的悟空，叫「頭來」，頭竟不來！還好，悟空本領大，他只好叫聲「長」，新的一顆頭顱，從脖子長出，嚇壞一群御林軍。

該虎力大仙了，他一樣被砍了頭，他也喊聲「頭來」，不料，悟空夠狠，他拔了毫毛，變隻大黃狗，跑進來，叼了頭，跑出去，丟進御水河裡。

那道士連喊三聲，不成，倒在地上，死了，是一隻黃毛虎！悲憤的鹿力，要爲大哥報仇。比剖腹，比剜心。

悟空讓劊子手，剖開他的腹部，他親自把腸子內臟，一一拿出，排列整齊後，再一一放回，嘴裡喊聲「長」！腹部完全癒合。開創世界第一的，無痛微創剖腹外科手術。

鹿力登場，一樣畫葫蘆。不料，也在關鍵時刻，飛來一隻餓鷹，把他的五臟心肝，全都抓了飛走，這道士當場倒地，變作一隻白毛角鹿。

羊力大仙連續失去兩位兄長，大怒，堅持要跟悟空比下油鍋。（誰說妖怪無情啊！他們也是有兄弟之情，姐妹之誼的啊！）悟空氣定神閒，問下油鍋洗澡，是要「文洗」還是「武洗」？文洗，不脫衣服，不許汙壞了衣服。沾一點油膩，輸。武洗呢？脫了衣服，跳進油鍋，任意翻筋斗，豎蜻蜓，邊玩邊洗。

羊力挑了武洗，顯然很有自信。悟空先武洗。他跳進鍋裡，悠遊自在，但當他看到八戒在那裡跟悟淨咬耳朵，誤以為是在嘲笑他（其實八戒是在背後稱讚大師兄本領高強），決心戲弄大家，便突然潛入鍋底，不動聲色。大家一陣驚慌，以為他完蛋了。監斬官叫人打撈，卻始終撈不著，以為悟空的屍骨都被滾燙的油給劄化了！

車遲國王大怒，要把唐僧等人一併投入油鍋，當陪葬。八戒嚇得哇哇大叫，還咒罵孫悟空，你這隻死猴子！你這隻該死的猴子！罵著罵著，突然油鍋中，站起一隻赤淋淋的猴子，大聲叫到：你這隻蠢貨，在罵誰啊！（要注意看哦，一隻赤條條、裸體，全身抹油的猴子哦！）

這時，羊力大仙必須下鍋了。悟空在油鍋旁，伸手一探，奇怪咧，怎麼底下柴火興旺，但鍋裡，卻涼颼颼呢？

有問題，必有問題。竟然是悟空的舊識北海龍王在暗助羊力大仙，是他護住鍋底，不讓油鍋滾燙。不可思議啊！

悟空找他理論。北海龍王推卸責任，這可是妖道從「小茅山」學來的「大開剝」，自行練出的冷龍，與他無關啊！（無關？無關你在這現場幹嘛？）但悟空既然責怪，北海龍王只得收了冷龍，離開現場。

冷龍一離鍋，油鍋霎時滾燙，羊力大仙立馬嗚呼哀哉，被油煎得剩下一副羚羊骨架而已。

三大道士，最終證明都是妖精，這不是擺明諷刺道士嗎？車遲國王始終被道士矇騙，這不是暗諷明朝當政者對道教的執迷不悟嗎？

但虎力、鹿力、羊力三大妖怪，卻成了後世非常受歡迎的群妖組，他們接連與孫悟空鬥法，使他們揚名天下！卡通、動畫、Q版公仔，造型都獨樹一格！

二十二

我保證，除了通天河打妖這一段，這輩子，你不可能再看到菩薩「素顏」「沒穿制服」的畫面了！

唐三藏師徒的西遊團，一路往西走。那年代，交通不便、山高難攀、水深難渡、荒野難行；地理跨距大、季節差異劇烈，冷到凍死人、熱到曬死人，沿途不一定都能遇到村莊、遭逢人家，三餐不濟的現象，肯定不時發生。

想想看啊，那是沒手機、沒室內電話、沒接駁公車、沒谷歌地圖、沒電腦網路、沒社群媒體、沒便利超商的年代啊！漫漫長路上，須克服的關卡，隨便哪一樣，都可以令他們師徒氣餒，不是嗎？例如，遇到水流湍急的大河吧！

《西遊記》裡，知名大河不少。流沙河，出了沙悟淨；黑水河，出了搗蛋的鼉龍，是西海龍王的外甥（也是個政二代）。

通天河呢？又是一條濁浪滔滔，令人望河興嘆的天然障礙。這通天河，顧名思義，形容它之長、之寬、之浩瀚，彷彿從天而降，漫無邊際，直可通天。

但故事走到尾，你會發現，原來「通天」一詞，很有隱喻啊！這通天河旁的居民，每年要奉獻一對童男童女，祭祀河中妖怪，以保風調雨順、無災無難。

唐僧一行，落腳吃齋的住戶，剛好輪到今年的祭賽（類似現在的大拜拜）。陳姓兄弟，膝下各自一男一女，都要獻當祭品，因而舉家愁眉苦臉。

孫悟空問，你們家財萬貫，爲何不花錢買替身頂替呢？陳姓家長道出原委，因爲這河妖懂「滾動式管理」，經常出入各家，對誰家有小孩、小孩樣貌爲何，都瞭若指掌，因此騙他不得！

悟空心中盤算，自己變成小童男，叫八戒變成小童女。八戒變身這一節，好玩。八戒說變什麼都可以，就是不會變人，尤其小女孩。變了幾次，都是個小胖娃兒，還是靠悟空幫忙，才硬變出小童女模樣。

童男童女當犧牲的祭品，是各自坐在紅漆丹盤內，放在桌上，再由人抬進廟裡。先吃童男？先吃童女？好問題。豬八戒只擔心自己會被先吃掉。答案是，先吃童男，後吃童女。（他放心了。好奇怪的邏輯。）

怎麼知道不是唬人的呢？因爲之前，村中有人躲在桌子下，偷看到的。

這廟叫「靈感廟」。假扮童男的悟空，仔細觀察現場，供桌上，豎立一金牌：靈感大王之神。等了一會，風聲大作，妖怪來了。

這妖，可機靈。先在門口試著問，今年是哪家的童男童女？悟空照實回答。妖怪心想，奇怪，往常的小孩不是怕得要死，便是已經嚇昏，怎麼這家孩子異常冷靜？怪、怪、怪，要小心。

於是，妖怪嚇唬他，我就要吃你嘍！悟空回答，不敢抗拒，請自在收用。

妖怪更謹慎了，不敢輕易動手。

他改換策略，說往年先吃童男，今年先吃童女吧！（我女兒一聽，就笑了，小孩子都有一種天賦，知道豬八戒怕死，讓他先冒險，就很好笑！）

果然，豬八戒一聽，慌了。妖怪才靠近，他就緊張得變回原形，破了哽。但妖精也沒預料到會碰到這意外，一瞬間，走爲上策。

但他的手下，班衣鱖婆（看來是一種鱖魚精）獻策，一夜之間，河水結冰，誘騙唐僧師徒步上冰川，再伺機逮住唐僧。這計謀之能生效，一則唐僧是凡人，必須一步一步走。再則，唐僧必須展現取經誠意，不能藉助任何魔法加快腳步。三則，唐僧當初預估三年即可取經返國，不料已經耗去七、八個年頭，當然一心一意想趕路。

他們到了河邊，看冰川結凍，不少人踏冰川到對岸西梁女國做買賣，兩岸往返，百錢之物可值萬錢，利重本輕，許多人冒險牟利。（也等於解釋了西域絲綢之路，爲何絡繹不絕，做生意，賺錢啊！）

唐僧一行，決定踏冰過河。豬八戒給了建議，勸大家把長兵器，或錫杖，橫握在手，小步向前。因爲，冰河上，難保沒有冰窟窿，不小心踩空，落入冰川，要救就難了。但橫擔之物，可以架住破冰的人，不至於瞬間滾入水中。這建議，獲得悟空暗自稱讚，這隻豬，倒也懂怎麼積年走冰啊！

這河妖早在河中間，布下陷阱，等唐僧一到，立刻劃破冰川，連人帶馬掉入河中，瞬間消失蹤影。

各位聽故事的，不必緊張。唐僧還沒抵達西方，取回經書，如何輪到他喪命呢？只不過，讓他波折多一些，見證西行取經的辛苦而已！

通天河的打妖，依我看，最好看的部分，在於雙方打嘴炮，有事沒事，鬥鬥嘴。這唐僧被抓入河底，懂水性的八戒、悟淨，自然又得下水打先鋒，找師父。而悟空，留在岸邊，伺機行動。八戒、悟淨下水後，與那妖精對陣，三方打嘴炮，打得遠比武鬥好看多了。

八戒一看妖精現身，先罵對方「我把你這打不死的潑物！」你假弄什麼玄虛，假做什麼靈感大王，你不認得我嗎？

那妖也夠嗆，嗆八戒。你假冒小童女，該一個冒名頂替之罪，我不曾吃你，你還傷了我手臂。我不是怕你，是讓你，你竟還找上門來！

八戒再嗆，你既然要讓，幹嘛還弄冷風、下大雪、凍結堅冰，害我師父？妖精說，我不怕你，你鬥得過我三回合，還你師父。鬥不過，連你一起吃了。

八戒叫聲「好乖兒子！（典型精神勝利法，嘴巴要占便宜），吃我一鈀！」

妖精也有趣，嘲笑八戒「你原來半路出家的和尚哦！」

八戒回嘴「我的兒，你眞個有些靈感，怎曉得我半路出家？」

妖精笑他，「要不，你幹嘛拿菜園裡的釘鈀？」

八戒當然要從頭到尾再解釋一遍，釘鈀的由來。

兩人兵器一接軌，輪到八戒耍嘴皮了。你這妖精，我看也是半路上成精的吧？這妖精也絕，停下來問：你怎麼知道？八戒嘲笑，要不，你幹嘛拿銀匠家裡的銅鎚當武器？妖精竟也細細跟八戒解釋，這銅鎚的來歷。

吼，這一旁的沙悟淨受不了了。打就打，怎麼你們兩個廢話那麼多！說完，沙悟淨提起鐵杖，便飛撲上去。妖怪架住鐵杖，也問悟淨，我看你也是半路出家的和尚吧？

哦？這回，悟淨也呆了，你怎麼知道？妖精說，我看你原來應該是磨博士（磨坊出身的）？

悟淨問，為何？妖精笑，不然你拿擀麵棍當武器幹嘛？

你看看，這三個傢伙，武功普普，耍嘴皮一流。鬥了幾回合，不分勝負。八戒跟悟淨，使眼色，誘他出水面。但妖怪也精，一出水，迎向悟空，才一架住金箍棒，便知不妙，隨即竄回水底。

回到水底，鱖魚婆告訴他，這可是不好惹的齊天大聖。乾脆堅壁洞門，不應戰，看他們能怎麼辦！

這招有效。悟空在水底沒轍，八戒、悟淨贏不了妖精，這是僵局啊！悟空無奈，決定再去找菩薩幫忙。反正，菩薩承諾過，有困難，就找她。

黑水河的段落，妖怪亂入，沒什麼特別，搶眼的部分，反在於八戒、悟淨與妖精的「鬥嘴」。

再來，可以一提的，是菩薩竟然「素顏見人」？這不是我胡謅的，是孫悟空親眼所見，親口說出的。

話說孫悟空到了菩薩住處，她的隨衆徒弟，要悟空靜候。悟空等不及，直往後院奔，高聲喊著：菩薩，弟子孫悟空志心朝禮來啦！

菩薩要他在外邊等。

悟空焦急，師父有難，請你指點，通天河裡的妖怪究竟什麼來歷？菩薩說，你且出去，待我出來。

菩薩再三交待了，悟空哪敢再硬闖！但他野性不改，嘴裡碎碎唸：怎麼啦？菩薩今天還做家事哦！怎麼不坐蓮臺、不粧飾、不喜懽，在林子裡削篾（竹子的皮）幹嘛？

過一會，菩薩出來，手提一個紫竹籃子（菩薩親手編織竹籃？）要與悟空一塊去救唐僧。

悟空一看，趕緊下跪。爲何？你看悟空怎麼說：「弟子不敢催促，且請菩薩著衣登座。」原來，菩薩竟然是簡便穿著（不是平常的正式菩薩制服），而且素顏（不妝飾），也不是一貫的交通配備（蓮花座臺）！

這，不是很違反菩薩一貫的優雅形象嗎？

菩薩說：不消著衣，就此去也。（換什麼衣服，走吧！走吧！）菩薩，到底急什麼？唐三藏有性命之憂嗎？且讓我們慢慢看下去。

菩薩、悟空到了通天河。

八戒快「豬」快語，「師兄性急，不知在南海怎麼亂嚷亂叫，把一個未梳妝的菩薩，逼將來也。」（你看看，到底菩薩素顏，沒化妝，是怎樣啊？這麼引人矚目？）

菩薩並不在乎外人觀感。解下一根絲條，把竹藍繫好，提著絲條，把竹藍抛進河裡，嘴中唸唸有詞：「死的去，活的住。死的去，活的住。」總計唸了七遍，提起竹藍，籃子裡，一尾亮灼灼的金魚。

菩薩這時，叫悟空，下水救你師父。這金魚，便是通天河裡鬧事的妖怪。是菩薩的蓮花池裡養著的金魚。每天露出水面聽菩薩唸經，竟聽出心得，暗自修煉成功（自學養成教育）。這金魚精，手執的兵器，銅鎚，是一根未開的菡萏（蓮花），被金魚精運鍊成兵。趁著海潮泛漲，溜出來，在通天河闖事！

難怪哦！莫怪哦！難怪菩薩緊張，連妝也不化、衣服也不換，匆忙出門，趕緊收妖！這，可是仙界的八卦，權貴的醜聞啊！

你堂堂一位菩薩，竟然養出一隻金魚精！還跑去阻攔唐僧西行！這豈不是公然違抗如來佛的意旨，當家還鬧事嗎？

難怪，菩薩要素顏上陣了！不低調，不行！有沒有注意到，《西遊記》裡，多的是揭露天界豪門權貴，管理失職、親信舞弊、家屬弄權的八卦？原來，《西遊記》也可以當成一本明朝的八卦週刊，來解密呢？

二十三

西遊路上，唐僧確實沒本事降妖打怪，
但他至少證明「抗拒美色也是一種本領」，不容易啊，年輕人！
看西梁女王與蠍子精如何撩撥這位花美男大和尚！

讀《西遊記》，讀熱鬧，也要讀門道。中國古文明，是早熟的文明，漢文化尤其。早熟的文明，一方面彰顯了各種生活消費、器物創造的先進，另方面，也讓「文化中心主義」、「男性中心主義」，提早確立。

我們讀《西遊記》，會發現，唐三藏一路西行，「大唐東土」的中原意識，非常強烈，相形之下，西域諸國，不僅小，甚至還被「獵奇化」，淪爲異國情調下風土民情的好奇。

當唐僧一行，來到西梁女國，當他們遇到琵琶洞的妖精時，《西遊記》一再暴露出，漢文化男性主導，文明早熟的不自覺意識。

西梁女國給唐三藏一行人，第一印象是「那裡人都是長裙短襖，粉面油頭。不分老少，盡是婦女。」

一看到唐三藏一夥進城，都鼓掌歡欣，喊著：「人種來了，人種來了。」須臾間，整條街，擠得寸步難行。

看偶像，看明星嗎？不，是看「大豬公」！

「人種」什麼意思？你猜猜？八成猜得著。但《西遊記》直接給了線索。豬八戒面對滿街婦女，喊著「人種來了，人種來了」，竟然回應「我是個銷豬，我是個銷豬！」銷豬，就是閹豬，閹割了的公豬！

豬八戒表白自己是閹豬，意思是「不要找我，找我沒用」。想想，他有多驚慌啊，當滿街女人衝向你！這進西梁女國的第一幕，就很刺激，就很緊張啊！

滿街美女，可能令男人開心。但滿街婦女，個個飢渴狀，喊著「種豬（人種）來了，種豬（人種）來了」，可就不是什麼好玩的事了！

唐三藏抵達女國之際，女王恰巧一夢，夢到「金屏生彩艷，玉鏡展光明。」是個喜兆。她一聽唐三藏到，當即決定，招他爲王，自己爲后，陰陽配合，生子生孫，永傳帝業。

我一開頭，便批評漢文明早熟的缺點。西梁女王做夢，表白心跡這一段，明顯就是漢文化中心主義，男性中心主義的自戀。想想看，女人國，之所以叫女人國，是有其悠久傳統的，豈是隨隨便便，發展出來的？現在我們都知道，那是母系社會的遺緒。而人類各民族，長期都經歷過母系社會的階段。

既然是母系社會，哪裡會沒有男人呢？（不是每個人都跟孫悟空一樣，是石頭裡蹦出來的。雖然我也是對女兒說，你是石頭裡面蹦出來的，她就會撒嬌說我騙她！）

只是，男人在母系社會裡，不是主要決策者而已！

所以西梁女國，看到外邦男子，尤其長相俊美、身體健康者，會有招贅念頭，會有傳宗接代念頭，很合理！但，馬上就有王位讓給他，生子生孫，永傳帝業的念頭，這就未免太不了解人家女人國的歷史，太暴露男性自戀的心態了！

（人家女人國，只是把你，男人，當成種豬一樣看待啊！懂嗎？）

女王有意，但唐僧無情啊！他終究是個和尚，且一心一意要去西方取經，如何能在女人國「破身」又「破功」呢？

但，當時雖然沒有現代意義的「簽證」，可是，經過別國國境，要順利出境，還是得拿到官方給的「關文」。

女人國的意思是，你唐三藏留人，在這結婚生子，徒弟們呢，則給他們關文，繼續西行取經。這豈不兩全其美嗎？

孫悟空這時有了盤算。他分析給師父聽：這女人國，可不是妖怪，都是一般凡人，所以我呢，不能像平日打怪那樣，武力對付她們。最好方式，不妨是暫時敷衍敷衍，師父您呢，就先答應成婚，讓她們給關文，等我們拿到關文，趁夜連忙出關，這樣也不至於造成傷亡，您又能保全清白，這招「假親脫網」之計，如何？

看來，分析有理。唐三藏決定這麼做。《西遊記》不知是有心調侃唐三藏呢？還是，要製造讀者閱讀的情趣，竟特別描述了一段，女王與唐僧晤面，女王撩撥唐僧，而八戒一旁心神蕩漾的畫面。

唐僧一現身，女王眼裡的他「丰姿英偉，相貌軒昂。齒白如銀砌，唇紅口四方。頂平額闊天倉滿，目秀眉清地閣長。兩耳有輪眞傑士，一身不俗是才郎。好個妙齡聰俊風流子，堪配西梁窈窕娘。」

我爲何要把女王眼中的唐三藏印象，托盤寫出？因爲，我還是覺得《西遊記》作者，有意無意的，是在貶損唐三藏，突出孫悟空。因而，他筆下的唐三藏，除了儀表堂堂、相貌俊美外，很少其他優點。偏偏，「外貌協會」又是很多人，尤其女人，對唐三藏好感的第一印象。

吳承恩明誇讚唐三藏俊美，暗地是嘲諷他「花美男」之外，其他都不行啊！但這花美男，硬是在外貌取人的女王眼裡，令人垂涎啊！

女王望著唐僧，「不覺淫情汲汲（心情急切），愛慾恣恣（滋滋，增長的意思，但這滋滋二字，不是很淫蕩嗎？）」，連聲叫喚，大唐御弟，趕快來成親吧！叫得唐僧面紅耳赤，不敢抬頭。

反而是色瞇瞇的豬八戒，在一旁，看得「口嘴流涎，心頭撞鹿」，一時間，骨軟筋麻，好像雪獅子向火，不覺地都化去了。（欸欸，我說八戒兄，人家看上你師父，你在那磨蹭個什麼勁啊！）

就算敷衍，儀式還是得走啊！於是，婚宴開始，豬八戒吃喝得稀哩嘩啦。倒是悟空不忘換關文一事。終於，唐僧再三催促下，女王簽署了關文。唐僧假意要送三位徒弟出境，一行人出了城，唐僧突然對女王拜別，驚得女王大驚失色，碰上詐騙集團了？

這時，八戒上前，撒潑弄醜，嚇得女王跌入輦駕之中（摔落坐車內）！沙悟淨趕緊把師父搶出人群，準備上馬。殊不知，突然路旁竄出一位女子，大聲喝道：「哪裡走，我和你耍風月去！」說著，舞起一陣旋風，把唐僧捲走了。

西梁女國這一段詐婚記，這麼容易解決嗎？很容易。別忘了，這西梁女國都是凡人，哪見過妖魔鬼怪？一看到悟空、八戒、悟淨等人，在混亂中，紛紛跳上雲端，追蹤唐三藏的蹤影，一下子，君臣人等，都嚇得以為碰上神仙了！趕緊跪在地上，向天祈福，請求原諒。有誰？還敢再提，唐僧詐婚之事！

好，這故事，轉折到「琵琶洞」的蠍子精那裡了。這蠍子精，可厲害了。

孫悟空一路西行，沿途打怪，即使棋逢對手，也很少受傷，但他第一次與蠍子精對陣，頭皮就被蠍子扎了一下，痛得他哇哇大叫。

八戒嘲笑他，你的頭不是修煉過？怎那麼不耐扎啊！徒弟們，內部矛盾，忙著鬥嘴。師父唐僧呢？平行時空，也沒閒著，緊繃注意力，在對付蠍子精的美人誘惑，就怕失身啊！

蠍子精「淫戲」唐三藏這段落，好看極了。《西遊記》是採用說書人吟唱的方式，把男女「你要我拒」的神態，描述得逗趣十足。

「那女怪，活潑潑，春意無邊，這長老，死丁丁，禪機有在。一個似軟玉溫香，一個如死灰槁木。那一個展鴛衾，淫興濃濃；這一個束褊衫，丹心耿耿。」

好笑吧！女的不斷寬衣解帶，露出雪白肌膚，挑逗和尚。而和尚呢？則不斷抓緊衣裳，口中唸唸經文，抵死不從。

再來，再來。「那個要貼胸交股和鸞鳳，這個要面壁歸山訪達摩。女怪解衣，賣弄她肌香膚膩；唐僧斂衽，緊藏了糙肉麄皮。」是不是？人家要跟你愛愛，不斷用器官磨蹭你，你卻夾緊身體，死命不放開。

「女怪道：我枕剩衾閒何不睡？唐僧道：我頭光服異怎相陪？」哎呦，人家都脫光光，在等你啊！你怎麼還不上床？我我我，我頭光光，穿袈裟，怎麼陪你睡？

「女怪道：我美若西施還嬝娜。唐僧道：我越王因此久埋屍。」這對男女，在鬥歷史知識了。女的說我賽過西施。男的說，所以啊，越王勾踐才命喪黃泉啊！

「女怪道：御弟，你記得『寧教花下死，做鬼也風流』？唐僧道：我的眞陽爲至寶，怎肯輕與你這粉骷髏。」

就這樣，兩人嘴巴鬥了一夜。女妖火大了，叫人把唐僧捆綁起來，丟在房廊下，自己關燈睡覺去了。男的不肯，女的也沒轍！

折騰一夜，隔天悟空、八戒聯手，再去鬥女妖。沒想到，這回，連八戒的厚厚嘴唇上，也被扎了一下。怎麼辦啊！老天爺啊！

菩薩又來協助了。不過，她沒直接幫忙。為何？她說，這女妖是蠍子精，她厲害的是三股叉、兩隻鉗腳，還有尾巴上有一個鉤子，叫「倒馬毒」。有多厲害呢？菩薩說，之前，這女妖也曾在雷音寺聽佛講經（這麼上進的女妖啊），不知怎麼跟如來起了衝突，如來推她一把，她竟轉個身，扎了如來一下！如來也疼難禁，傳令金剛抓她，她卻逃走了！（乖乖，這女妖可真恰北北，如來也敢扎！）

既然菩薩的上司如來，被扎都沒轍了，菩薩怎敢隨便插手！但她出主意了，她要悟空去東天門光明宮，找昴日星官。他才可降服這女妖。

各位想知道為何菩薩推薦「昴日星官」呢？昴，是古代中國天文裡的二十八宿之一，昴日雞。這樣提醒，你懂了嗎？

再提供一個線索。台灣諺語，有「草螟弄雞公」，或港片《黃飛鴻之鐵雞鬥蜈蚣》，講的都屬食物鏈上，「公雞」是蜈蚣、草螟、蠍子等等的天敵。

所以你知道啦，昴日星官，就是一隻「雙冠子大公雞」，他一出馬，應該說他一「出雞」，蠍子精立刻斃命。

從西梁女國女王的誘惑，到蠍子精的糾纏，無非是要證明，西行路上，面目猙獰的妖怪，固然是風險，卽便貌若天仙的美女，也同樣是風險。唐僧可以靠徒弟孫悟空幫忙打怪降妖，但他自己，則必須如柳下惠，坐懷而不亂！

不知各位有沒有注意，用蠍子精當誘惑，是不是也落入了「蛇蠍美人」的窠臼呢？我太座是不會同意的。美人，爲何是蛇蠍？我想，你，你，也不會同意的。美女就是美女，她若對你蛇蠍，那是因爲你，太遜了！

二十四

假孫悟空一流模仿達人，騙天騙地，騙神騙鬼，他假但他理直氣壯！只可惜，最後一招死不認錯，他沒學到！

很多名人，愛說謊。說謊，不容易。最高境界，說了就不要後悔。被揭發了，也絕不認錯。不認錯，還可以撐起一片天。一認錯，死無葬身之地。

《西遊記》裡，眞假孫悟空，講的，是眞假不分、天地不容。然而，爲何連天、連地都傻傻分不清，誰是眞、誰是假呢？這個，有趣。

假大聖，仿眞品，法力無邊。但被點破後，瞬間像「術仔」（su̍t-á，沒有膽識的人），一招被劈死！這怎麼回事？也有趣。

出現「眞假」唐三藏，可以靠〈緊箍咒〉分辨出誰眞、誰假。倒楣的，是孫悟空，平白無故地當測試，被唸一遍，頭痛一次。

但，如果，出現「真假」孫悟空呢？

我女兒當時雖小，但她當下反應，叫唐三藏唸〈緊箍咒〉啊，真的孫悟空，會頭痛！會痛到在地上打滾。一點沒錯，確實，唐三藏也唸了〈緊箍咒〉。然而，當場兩個孫悟空，都倒地喊饒命，害得唐三藏也搞不清楚，到底誰真、誰假？

我捏捏女兒還肉肉的臉頰，爸爸就不會搞錯我的女兒啊！女兒皺皺眉，趕快講啦，誰是真的孫悟空？

要了解，何以出現「真假孫悟空」之亂，必須回到西遊團，此一任務編組的團隊特性上。

唐僧沒有打怪降妖的本事，他必須要有團隊，這團隊須具備「特攻隊」打擊強度，還要兼顧海陸空三棲的專長，因此，你若看過電影《天龍特攻隊》或《不可能的任務》，大概就了解，團隊需要不同專長人馬。

但，唐三藏並不是親自挑選成員的，而是菩薩替他沿路找的四位團員。所以，都不是唐三藏的子弟兵，不是嫡系部隊，而是任務編組，再交由他來領導。孫悟空、豬八戒、沙悟淨與白龍馬，負責沿途打怪、保護師父，完成取經任務。苦勞在弟子，功勞在師父。你想，長路漫漫、多風多雨，師徒之間，磨合期要多長多久啊！

何況，唐三藏在《西遊記》裡，被設定成相當迂腐的和尚。凡事講道理，卻忘了，迎接他的，是冒險犯難的旅程，沿途的妖怪、強盜，沒空跟你講道理，動輒要取你命、要吃你肉。這是叢林法則！

在「以理服人」的唐僧，以及「以力打怪」的孫悟空之間，不時穿插了口服心不服的八戒，見縫插針！還有，腦袋不時跳針的沙悟淨，常常在那恍神！以至於，師徒經常在路上鬧意氣！團隊不合，妖風自然有機可乘。

眞假孫悟空，就在這背景下，爆發了。

孫悟空這回，又不聽師父教誨，兩度打死攔路搶劫的搶匪。師父一怒，唸了幾遍〈緊箍咒〉，罰過悟空，再度趕他走。無奈的悟空，想了想，眞委屈，乾脆跑到菩薩那訴苦。

菩薩安慰他，且留他住幾天，等師徒都冷靜下來，再伺機安排他們和好。不料，在孫悟空離去之後，八戒、悟淨出去化齋，獨自一人的唐三藏，卻遭到孫悟空的逆襲，不但搶走他的隨身物品，還打昏了他！

八戒、悟淨回來，一聽師父被打被搶，也不起疑，只是附和師父，咒罵悟空。(可見他們師兄弟平日的虛情假意了。)

沙悟淨決心跑一趟花果山水簾洞，替師父討公道。他到了水簾洞，看到孫悟空，這悟空問他：「你是唬何人？擅敢近吾仙洞！」

悟淨一聽，嘿嘿，假裝不認識我！雙方你來我往，言語交鋒。這悟空竟大言不慚，乾脆他自行去西方取經吧！說著說著，還請出一支團隊，有唐僧、有八戒、有白龍馬，也有另一個沙悟淨！

這下，沙悟淨火大了。衝上前，一杖劈死那個假悟淨，但不敵孫悟空，只好暫且逃脫。

他愈想愈氣，不能這麼白跑一趟。腦筋一轉，嗯，去找觀世音菩薩吧！(整個仙界，就數觀世音最忙碌。有事沒事，要為唐僧師徒排憂解難。誰叫他是如來佛交付協助取經順利的導師呢！）

沙悟淨見到菩薩後，一看，悟空在一旁，瞬間大怒，連珠炮似地，把悟空幹的壞事，全部講一遍。（平常不用腦袋，此刻還是不用。他也不想想，悟空怎會在這？不奇怪嗎？他若打了師父，搶了包裹，幹嘛自投羅網來菩薩這呢？看來，沙悟淨不喜歡推理。）

菩薩冷靜告訴悟淨：「不要賴人。悟空到此，今已四日，我更不曾放他回去。他哪裡有另請唐僧自去取經之事？」

悟淨搔搔頭，那奇怪咧！明明在水簾洞看到他啊！菩薩要悟空陪悟淨，回水簾洞，探個究竟。

你說悟淨不用腦袋，但這時，他倒用了點小聰明。因爲悟空觔斗雲，一翻十萬八千里，沙悟淨功力不如他。本來悟空想先走，讓悟淨慢慢跟。不料，悟淨卻說，我怕你先去安排，還是一道走吧！

師兄弟一起抵達水簾洞，果然孫悟空高坐石臺，正與群猴們飲酒作樂。「模樣與大聖無異，也是黃髮金箍，金睛火眼；身穿也是錦布直裰，腰繫虎皮裙；手中也拿一條金箍鐵棒；足下也踏一雙麂皮靴；也是這等毛臉雷公嘴，朔腮別土星，查耳額顱潤，獠牙向外生。」完全複製人，不，複製猴一隻！

太逼眞了，悟空也怒了。我醜，我家的事，你沒事幹嘛學我醜！你欠扁哦！悟空舉棒就打，「你是何等妖邪，敢變我的相貌，敢占我的兒孫，擅居吾仙洞，擅作這威福！」

對方也不多話，舉棒迎上。兩位大聖，本來就像，打在一塊，你來我往，旁觀者更搞不清誰是誰了！

沙悟淨看得傻眼，不知道該幫忙誰。這時，一位大聖說，沙僧你先回去師父那吧！讓我跟這妖怪打到菩薩那，讓他分個眞假。

同樣的話，另一位大聖也照說一遍。沙悟淨怎麼看，形貌、聲音，更無一毫差別，皂白難分，只得跳上雲端，先找師父。

眞假孫悟空，打得天昏地暗、難解難分，從地上打到天上，再從天上打進海裡。

「你看那兩個行者，且行且鬥，直嚷到南海，徑至落伽山，喊聲不絕，早驚動護法諸天。」

菩薩趕忙出來。哇，眞是一個模子刻出來的樣子，兩個孫悟空都對菩薩抱怨，請菩薩明鑑眞假。

菩薩實在看不出誰眞誰假，唯一辨法就是（我女兒教的），沒有辦法中的辦法，唸〈緊箍咒〉。可是，菩薩一唸咒，兩個孫悟空都倒地喊疼！看來，每個都疼得要命，不像裝出來的。這，可怎麼辦啊！

菩薩停下咒語，兩隻猴子，又撲向對方，死打爛打。這菩薩，也眞機巧，想了想，既然判斷不出眞假，那推給別的神吧！

推給誰好呢？菩薩說了，孫悟空你當年官拜弼馬溫，大鬧天宮，神將都認得你，上界去讓他們辨別吧！

兩隻猴子繼續打，打到南天門。早有一批天將在那守護，兩個孫悟空，「一猴各表」，都強調自己被冒充，請天將們當見證。

但，他們也不知所以然。怎麼辦？好辦啊！官場生態永遠的第一法則：你不敢決定，就推給長官決定吧！長官一定比你英明！

眾天將一致決定，請玉皇大帝鑑定眞假吧！玉帝聽完兩位齊天大聖一模一樣的指控後，嗯，嗯，嗯了好一會，傳旨，宣托塔李天王，帶照妖鏡來。

照妖鏡？有用嗎？我這販夫走卒，都直覺反應，會有用嗎？怎麼天縱英明的玉皇大帝，會想不到呢？照妖、照妖，難道孫悟空不是妖嗎？他還沒取經成功，得道昇仙啊！

果然，照妖鏡一照，鏡中，兩個孫悟空一模一樣！「一個框架，兩隻猴子」！

玉帝糗大了！

但人家是天界最高領導，誰敢笑他！玉帝揮揮手，趕他們出去！對，對，對，這種小事，還來操煩天帝嗎？滾，滾，滾。

兩個孫悟空，只好去找唐三藏。沙悟淨回到師父那，先稟告了事情原委。正說著呢，兩個孫悟空已經打到唐僧面前了。

這唐僧，平日對付臭猴子，靠的也僅是〈緊箍咒〉。這回，沒用了。因爲一唸咒，兩個都喊疼，一不唸，兩個繼續打。

師父沒轍。這兩隻猴子，繼續打到天荒地老、海枯石爛。地上打過、天上打過，那，打去陰間，讓陰曹地府當裁判吧！

兩個孫悟空，殺聲震天，他們一層一層地往下打，從第一殿打到第十殿，最後打到森羅殿。天上有玉帝，陰間有陰君，陰君查了生死簿，依舊看不出個所以然。

這時，地藏王菩薩講話了，既然都「看不出」眞假，不妨，試試「用聽的」如何？咦，有意思嘍！「看不出」改「用聽的」。（這叫跳出成功方程式！）地藏王菩薩招來他管轄的一隻獸，名叫「諦聽」。「諦聽」有個本領，他趴在地上，用耳朵聽，舉凡天地間所有物種，包括天仙、地仙、神仙、人仙、鬼仙，他都可以「照鑑善惡，察聽賢愚」。

這「諦聽」趴在地上，聽了一會，知道答案了，但不能當場說破，也不能助力擒他。爲何？地藏王菩薩問。說破，怕他當場鬧事，搞得地府不安。

那為何，又不能助力擒他呢？妖精神通，與孫大聖無二，我們這些幽冥，沒辦法抓住他啊！

那怎麼辦？「諦聽」有智慧，說了句禪意深刻的話：「佛法無邊。」

地藏王菩薩懂了，轉頭對兩位大聖說，不妨讓如來佛斷你們的眞假吧！沒錯，官大學問大，推給老大，準沒錯！

兩位大聖繼續拉拉扯扯，且行且鬥，打到了終極解決的最後一站：大西天靈鷲仙山雷音寶刹外。

如來佛面前，兩個大聖依舊毫不相讓。這時，菩薩趕到，解釋了自己無從判斷眞假的尷尬。

如來安慰他，你雖法力廣大，卻也不可能遍識宇宙間的萬事萬物（言下之意，當然只有我如來佛可以啦）。

菩薩何等聰明，馬上請上級開示。如來佛說，這宇宙間萬物，可分十類，有五仙、有五蟲，但這假悟空是十類之外，屬於四猴混世。

哪四猴呢？

這如來佛可有學問了，他細細道來：第一是靈明石猴，通變化、識天時、知地利，移星換斗；第二是赤尻馬猴，曉陰陽、會人事、善出入，避死延生；第三是通臂猿猴，拿日月、縮千山、辨休咎，乾坤摩挲。第四呢？這就是假悟空的來歷了。六耳獼猴，善聆音、能察理、知前後，萬物皆明。

這麼厲害啊！如來佛這麼一點破，這假悟空頓時像洩了氣的皮球，急縱身，跳起來要走。但哪裡走得出重重包圍呢？

如來佛親自出手，用金鉢盂一罩，現出原形，果眞一隻六耳獼猴。孫悟空當下反應，一棒劈頭迎下，可憐啊！這隻六耳獼猴，當場絕此一種，世間再無六耳獼猴！

但如果還有呢？爲何天地之大，獨獨不能容下一隻六耳獼猴？

我幫各位分析一下：

靈明石猴，不過是懂天文地理。

赤尻馬猴，不過是懂陰陽人事。

通臂猿猴，不過是懂速度快手。

但，唯獨這六耳獼猴不同，牠竟然是聽音辨位的模仿高手！牠既然能模仿孫悟空維妙維肖，牠若模仿觀世音、模仿如來佛呢？豈不天下大亂！無君無父了？

牠必須死！

假冒的孫悟空，沒被揭穿時，多麼兇猛！一被揭露，霎時疲軟！

說明什麼？說謊，一定要氣壯山河，鬼神都相信！你把謊言當眞理，講它一萬遍，自己信得眼眶含淚，別人就輸給你！

終於明白了吧！說謊的人，怎能自己認錯呢？不但不能認錯，還要死撐到底！這點，假孫悟空應該多跟外遇被抓包的男人學，抓姦在床，也要喊冤到底啊！

爸話西遊。講故事給女兒聽很幸福　看世界的方法274

作者　蔡詩萍

封面插畫　陳采瑩
美術設計　吳佳璘
責任編輯　林煜幃
編輯協力　羅凱瀚

發行人兼社長　許悔之
總編輯　林煜幃
設計總監　吳佳璘
企劃主編　蔡旻潔
行政主任　陳芃妤
編輯　羅凱瀚

藝術總監　黃寶萍
策略顧問　黃惠美．郭旭原．郭思敏．郭孟君．劉冠吟
顧問　施昇輝．宇文正．林志隆．張佳雯
法律顧問　國際通商法律事務所／邵瓊慧律師

製版印刷　沐春行銷創意有限公司

出版　有鹿文化事業有限公司
地址　台北市大安區信義路三段106號10樓之4
電話　02-2700-8388
傳真　02-2700-8178
網址　www.uniqueroute.com
電子信箱　service@uniqueroute.com

總經銷　紅螞蟻圖書有限公司
地址　台北市內湖區舊宗路二段121巷19號
電話　02-2795-3656
傳真　02-2795-4100
網址　www.e-redant.com

ISBN：978-626-7603-04-8
初版：2024年11月

定價：400元　

國家圖書館出版品預行編目(CIP)資料

爸話西遊。講故事給女兒聽很幸福 / 蔡詩萍著
—初版.— 臺北市：有鹿文化, 2024.11
—(看世界的方法；274)
ISBN 978-626-7603-04-8 (平裝)
1. 西遊記　2. 通俗作品
857.47　113015841